明史演義

從靖難興師至曹石謀逆

蔡東藩 著

誤國由來是賊臣,權閹構禍更逾倫。
三楊甘作寒蟬侶,莫謂明廷尚有人。

燕王篡位、鄭和出使、英宗復辟、萬妃權傾⋯⋯
明宮風雲詭譎事,待述下回!

目錄

第二十一回　削藩封諸王得罪　戕使臣靖難興師 005

第二十二回　耿炳文敗績滹沱河　燕王棣詐入大寧府 017

第二十三回　折大旗南軍失律　脫重圍北走還都 027

第二十四回　往復貽書囚使激怒　倉皇挽粟遇伏失糧 037

第二十五回　越長江燕王入京　出鬼門建文遜國 047

第二十六回　拒草詔忠臣遭慘戮　善諷諫長子得承家 059

第二十七回　梅駙馬含冤水府　鄭中官出使外洋 071

第二十八回　下南交殺敵擒渠　出北塞銘功勒石 081

第二十九回　徙樂安皇子得罪　鬧蒲台妖婦揭竿 091

目錄

第三十回　窮兵黷武數次親征　疲命勞師歸途晏駕 …… 101

第三十一回　二豎監軍黎利煽亂　六師討逆高煦成擒 …… 111

第三十二回　棄交趾甘隳前功　易中宮傾心內嬖 …… 123

第三十三回　享太平與民同樂　儆權閹為主斥奸 …… 135

第三十四回　王驥討平麓川蠻　英宗敗陷土木堡 …… 147

第三十五回　誅黨奸景帝登極　卻強敵于謙奏功 …… 159

第三十六回　議和餞別上皇還都　希旨陳詞東宮易位 …… 171

第三十七回　拒忠諫詔獄濫刑　定密謀奪門復辟 …… 183

第三十八回　于少保沉冤東市　徐有貞充戍南方 …… 195

第三十九回　發逆謀曹石覆宗　上徽號李彭抗議 …… 205

第四十回　萬貞兒怙權傾正后　紀淑妃誕子匿深宮 …… 217

004

第二十一回　削藩封諸王得罪　戕使臣靖難興師

卻說建文帝嗣位，詔令各地藩王，毋須來京，於是諸王皆遣使朝賀，不復入觀。獨燕王棣星夜南下，將至淮安，被兵部尚書齊泰聞知，稟白帝前，遣使出阻，促令還國，燕王怏怏北還。自是啟嫌。先是太祖在日，因建文帝頭顱少偏，性又過柔，恐不能擔負重器，時以為憂。一日，令他詠月，收束兩句：「雖然隱落江湖裡，也有清光照九州。」隱伏詩讖。太祖見了，頗為不悅。後復令他屬對，出語云：「風吹馬尾千條線。」建文帝答道：「雨打羊毛一片氈。」太祖聞言，面色頓變。是時燕王在側，獨上前奏對，乃是「日照龍鱗萬點金」七字，太祖不禁叫絕道：「好對語！」恰是冠冕堂皇。自是太祖愈愛燕王，不欲立建文為儲。偏學士劉三吾，請立太孫，乃勉徇所請。俗語說得好，棋無一著錯，為這一著，遂釀成骨肉相戕的禍祟，以致兵戈迭起，殺運侵尋（回應首回第一

005

第二十一回　削藩封諸王得罪　戕使臣靖難興師

弊，且隱為下文作引）。

建文帝本是個仁柔寡斷的人物，但他對各地藩王，恰也有些疑忌。即位以後，親信的侍臣，第一個便是齊泰，第二個乃是侍讀黃子澄（齊、黃二人，實為首禍，故特筆提出）。一夕，忽召子澄入內，與語道：「先生可記得東角門談話麼？」子澄應聲道：「臣不敢忘。」建文帝遂令子澄為太常侍卿，參領國事。原來建文為太孫時，嘗坐東角門，語子澄道：「諸叔各就藩封，擁兵自固，設有變端，如何對付？」子澄答稱無妨，且舉漢平七國的故例，作為證據，建文帝方才歡慰。建文不及景帝，子澄寧欲作晁錯耶？至此回憶前言，乃復與子澄語及，無非是令他輔翼。建文不及景帝，子澄寧欲作晁錯耶？至此回憶前言，乃復與子澄語及，無非是令他輔翼。既而戶部侍郎卓敬，密書上奏，略稱：「燕王智慮過人，酷類先帝，現在鎮撫北平，地勢形勝，士馬精強，萬一有變，不易控制，應徙封南昌為是。」建文帝覽畢，於次日召敬入殿，語敬道：「燕王骨肉至親，應無他變。」敬叩首道：「陛下豈不聞隋文楊廣的故事麼？父子至親，尚具逆謀。」不導建文以親親之誼，反促其疑忌諸王，未免悖謬。建文帝不待說畢，便道：「卿且休言！容朕細思。」這語傳出外廷，頓時流言四起，都說新主有意削藩。那時燕王先偵知消息，上書稱疾。他如周、齊、湘、代、岷諸王，多不自安，互相勾結。周王次子有，曾封汝南王，竟密告不法事，以子證父不得為直。辭連燕、齊、湘

006

三王。建文帝忙召齊泰、黃子澄，入內密議。齊泰道：「諸王中唯燕最強，除了燕王，餘人可不討而服。」黃子澄插口道：「齊尚書說錯了，欲要圖燕，先須翦他手足。周王系燕王母弟，今既密謀不軌，何妨將他拿來，先行處罪。一足除周，二足懲燕。」建文帝道：「周、燕相連，豈肯就捕？」子澄道：「陛下不必過憂，臣自有計。」建文帝道：「朕得先生，可無他憂了。凡事當盡委先生。」太過信了。子澄頓首謝命，偕齊泰出來，當下召曹國公李景隆（即李文忠子），授他密計，令即前往。景隆依計而行，出都時，率兵千人，揚言奉命防邊，道出汴梁，周王聞著此信，毫不防備，那知景隆到了開封，竟率兵襲入王宮，把周王及妃嬪人等，統行拿下，押解至京。建文帝見了周王，恰又憐憫起來，意欲放他回國。是謂婦人之仁。泰與子澄堅持不可，乃廢為庶人，流竄蒙化。子皆別徙。未幾又召還京，錮禁獄中。

越月餘，天象告警，熒惑守心。四川嶽池教授程濟，夙通術數，上書言星應兵象，並在北方，來年必有戰禍。這書到京，建文帝未免動疑，只面子上恰不便相信，只說是程濟妄言，飭四川長官拿解進京。濟入都，由帝親訊，濟大呼道：「陛下囚臣，明歲無兵，殺臣未遲。」乃將濟下獄。都督府斷事高巍，痛心時政，獨剀切上書道：

第二十一回　削藩封諸王得罪　戕使臣靖難興師

昔我高皇帝上法三代之公，下洗嬴秦之陋，封建諸王，凡以護中國，屏四裔，為聖子神孫計，至遠也。然地大兵強，易致生亂。諸王又多驕逸不法，違犯朝制，不削則廢法，削之則傷恩。賈誼曰：「欲天下之治安，莫若眾建諸侯而少其力。力少則易使以義，國小則無邪心。」今盍師其意，勿施晁錯削奪之謀，而效主父偃推恩之策，令西北之子弟諸王，分封於東南，東南諸王子弟，分封於西北，小其地，大其城，以分其力，如此則藩王之權，不削而自削矣。臣又願陛下益隆親親之禮，歲時伏臘，使問不絕，賢如河間東平者，下詔褒賞，不法如淮南濟北者，始犯則容，再犯則赦，三犯而不改，則告廟削地而廢處之，寧有不順服者哉？謹奏！

疏入不報。齊泰、黃子澄等，承建文帝密旨，日思削燕，只因燕王棣地廣兵強，一時不便下手。燕王雖在北平，所有京中消息，無不聞知，一面偽稱疾篤，一面謀諸僧人道衍。這道衍系是何人？他本姚姓，名廣孝，籍隸蘇州，出家為僧，法名道衍，自稱得異人傳授，預知休咎。從前太祖封藩，多擇名僧為諸王師傅，此舉實令人不解。道衍得派入燕邸，一見燕王，便說他當為天子。燕王大悅，待若上賓，所有謀議，均與道衍熟商。道衍又薦引兩人，一個姓袁名珙，善相術，一個姓金名忠，善卜易。珙入見燕王時，即趨前拜賀。燕王驚問何意？珙對道：「殿下龍行虎步，日角插天，怕不是個太平

008

天子麼？」燕王道：「近日廷臣屢議削藩，區區北平，尚恐難保，還有什麼奢望？」珙對道：「殿下已年近四十了，一過四十，須必過臍，便登大寶。若有虛言，願挖雙目。」燕王益喜，復令金忠卜筮，得交大吉。因此有意發難，與三人朝夕聚謀。

道衍首倡練兵，為整備計，但恐有人洩漏消息，暗地裡穴通後苑，築室地下，圍繞重牆，密砌瓴甓瓦缶。室內督造兵械，室外養了無數鵝鴨，令他齊鳴，擾亂聲浪。這種行動，除燕王左右外，沒人與聞，還道是神不知，鬼不覺。可奈天下事，若要不知，除非莫為。這燕邸日夕儲兵，免不得有人發洩，一傳十，十傳百，鬧得南京城內，也統說燕王不臣，指日圖變。齊泰、黃子澄兩人，本是留心燕事，得有音聞，便去報知建文帝。建文帝忙問良策。黃子澄謂先發制人，不如討燕。齊泰獨以為未可，只請遣將戍開平，調燕藩護衛兵出塞，密翦羽黨，然後觀釁討罪。兩人計議，先後矛盾，已是不能成事。建文帝從齊泰言，命工部侍郎張昺為北平布政使，都指揮謝貴、張信，掌北平都司事。一面令都督宋忠，出屯開平，調燕邸衛兵，隸忠麾下，但稱是防禦北寇。掩耳盜鈴。並遣都督耿瓛，練兵山海關，徐凱練兵臨清，嚴行戒備。又飛召燕番騎指揮關童等，馳還京師。布置已定，乃命修太祖實錄，追尊懿文太子為孝康帝，廟號興宗，母呂氏為皇太后，冊妃馬氏為皇后，子文奎為皇太子，封弟允熥為吳王，允熞為衡王，允

第二十一回　削藩封諸王得罪　戕使臣靖難興師

熙為徐王，免不得有一番忙碌。又用侍講方孝孺議，更定官制，內外官品勳階，悉仿周禮更定，且條訂禮制，頒行天下。方氏雖一代正人，然未免迂腐，看他下手，便是急其所緩。正在整修內政的時候，忽報湘王柏、齊王榑、代王桂等，統蓄異圖。當由建文帝分道遣使，發兵收印。柏自焚宮室，彎弓躍馬，投火身亡。逮錮京師，桂幽禁大同，均廢為庶人。一波才平，一波又起，西平侯沐晟，又奏岷王梗行事不法，得旨照齊、代例，亦削職為民，流徙漳州。連削諸藩，無怪燕王速反。隨飭刑部侍郎暴昭、戶部侍郎夏原吉，充採訪使，分巡天下。暴昭到了北平，偵悉燕王陰謀，飛使告密，請即預防。建文帝方在躊躇，忽報燕世子高熾、高煦、高燧，因太祖小祥，來京與祭，當飭令傳入，與帝相見。彼此問答，除高煦有矜色外，兩世子執禮甚恭，建文帝稍覺心安。至小祥祭畢，齊泰擬留住三人，作為質信，因此一時未行。燕王正防這一著，急遣人馳奏，只說病危且死，速遣三子北歸。明明是假。建文帝復召齊、黃二人，示以奏牘。齊泰仍主持原議，不欲遣回。黃子澄獨啟奏道：「不若遣歸，令他勿疑。」乃傳旨令三子歸國。旨方下，忽有魏國公徐輝祖入見。輝祖系徐達子，達女為燕王妃，燕王三世子，皆達女所出，與輝祖有甥舅誼。至是輝祖入奏道：「臣三甥中，唯高煦勇悍無賴，非但不忠，且將叛父，他日必為後患，不如留住京中，免得胡行。」建文帝默然不答。建文之

010

病,便在於此。輝祖退出,帝復召問輝祖弟增壽,及駙馬王寧,都祖護高煦,保他無事。且云王言不宜反汗,乃悉聽北去。高煦臨行,潛入輝祖廄中,盜了一匹名馬,加鞭疾馳。至輝祖察覺,遣人往追,已是不及。煦渡江而北,沿途亂殺吏民,至涿州,又殺驛丞,返見燕王。燕王也不及細問,唯滿臉堆著笑容,並語三子道:「我父子重得相聚,真是天助我了。」過了數日,忽有朝旨下來,嚴責高煦擅殺罪狀,燕王置諸不問。又越數日,燕官校於諒、周鐸等,被張昺、謝貴賺去,執送南京,燕王忙遣人探問,已而返報,兩人都被戮京師,害得燕王懊喪異常,嗟嘆不已。未幾又奉旨切責,燕王遂佯狂披髮,走呼街頭,奪取市人酒食,語言顛倒,有時奄臥溝渠,竟日不起。虧他裝作,張昺、謝貴,聞王病狀,入邸問視。時方盛夏,紅日炎炎,燕邸內獨設著一爐,熾炭甚烈,燕王身披羔裘,兀坐爐旁,還是瑟瑟亂抖,連呼天冷。張、謝二人,與他談話,他卻東掇西扯,滿口荒唐。孫臏假瘋,不是過也。張、謝信為真疾,辭別後,暗報朝廷獨燕長史葛誠,與張、謝莫逆,密語張、謝道:「燕王詐疾,公等慎勿為欺。」張、謝尚似信非信。嗣燕王使百戶鄧庸,詣闕奏事,齊泰將鄧庸拿住,請帝親訊,具言燕王謀逆狀。乃發符遣使,往逮燕府官屬,並密令謝貴、張昺,設法圖燕,使約長史葛誠及指揮盧振為內應。又以北平都指揮張信,舊為燕王信任,命他掩執燕王。

第二十一回　削藩封諸王得罪　戕使臣靖難興師

信受命不知所措，入內白母。母大驚道：「不可不可。吾聞燕王當有天下，王者不死，豈汝一人所能擒他麼？」張信之母，豈亦知術數讖書卜耶？言未畢，京中密旨又到，催信趕緊行事。信艴然道：「為什麼性急至此？」乃往燕邸請見。燕王託疾固辭，三造三卻。信卻想了一計，易了微服，乘著婦人車，徑入燕府，說有要事密稟。燕王乃召入，信見燕王臥著，拜倒床下。燕王仍戟指張口，作瘋癲狀。信頓首道：「殿下不必如此，有事盡可告臣。」燕王尚瞪目道：「你說什麼？」信又道：「臣有心歸服殿下，殿下恰故意瞞臣，令臣不解。實告殿下，朝旨令臣擒王，王果有疾，臣當執王解京，否則應早為計，無庸深諱。」張信未免負主。言至此，猛見燕王起床下拜道：「恩張恩張！生我一家，全仗足下。」信答拜不迭，彼此扶掖而起。信遂將京中密旨，和盤說出。道衍進言道：「這是上天示瑞，殿下何故不懌？」燕王謾罵道：「禿奴純是瞎說，疾風暴雨，還說是祥瑞麼？」道衍笑道：「飛龍在天，哪得不有風雨？簷瓦交墮，就是將易黃屋的預兆，為什麼說是不祥？」燕王乃轉憂為喜，徐問道衍：「如何措置？」道衍道：「殿下左右，唯張玉、朱能兩人，最為可恃，請速召入，令他募集壯士，守衛府中，再圖良策未遲。」燕王稱善，遂命張玉、朱能，依計行事。尋又與道衍等商定良策，方才散會。

越數日,朝使至北平,來逮燕府官屬,張昺、謝貴等,遂親督衛士,圍住燕府,迫令將官屬交出。朱能入報,燕王道:「外兵甚眾,我兵甚寡,奈何?」又是假話。朱能道:「擒殺張昺、謝貴,餘何能為?」燕王道:「已夠用了。你與張玉分率四百人,潛伏兩廡,待我誘入貴、昺,擲瓜為號,你等一齊殺出,便可除此二奸。」朱能領命而去。

燕王遂稱疾愈,親御東殿,受官僚謁賀。退殿後,即遣使往語貴、昺道:「朝廷遣使來收官屬,可悉依所坐姓名,一一收逮,請兩公速來帶去!」貴、昺聞言,尚遲疑未至。燕王復遣中官往催,只說所逮官屬,已經縛住,請即收驗,遲恐有誤。貴、昺乃帶著衛士,徑詣府門,司閽阻住衛士,但令貴、昺入內。貴、昺不便轉身,只好令衛士在門外候著,自隨中官徑入。既到殿上,見燕王曳杖出來,笑臉相迎。兩人謁見畢,便由燕王賜宴,酒過數巡,忽出瓜數盤,置於席上。燕王語兩人道:「適有新瓜進獻,願與卿等共嘗時味。」貴、昺稱謝。燕王自進片瓜,忽怒詈道:「今編戶齊民,對著兄弟宗族,尚相賙恤,乃身為天子親屬,性命危在旦夕,天下何事可為,亦何事不可為。」言畢,擲瓜於地。瓜方墜下,驀見兩廡殺出伏兵,鼓譟而入,摔住貴、昺,並葛誠、盧振下殿。燕王擲杖起立道:「我生什

013

第二十一回　削藩封諸王得罪　戕使臣靖難興師

麼病！我為奸臣所迫，以至於此。今已擒獲奸臣，不殺何待！」遂命將貴、昺等四人，一律梟首。貴、昺被殺，門外關著的衛兵，盡行散逸。連圍城將士也聞報潰散。

北平都指揮彭二聞變，急跨馬入市，集兵千餘人，欲入端禮門。燕王遣壯士龐來興、丁勝等，麾眾出鬥，格殺數人，便即逃散。彭二見不可支，亦倉皇遁去。燕王遂收逮葛誠、盧振家族，盡行處斬。一面下令安民，城中大定。都督宋忠，得著此耗，自開平率兵三萬，至居庸關，因膽怯不敢進攻，退保懷來。於是燕王誓師抗命，削去建文年號，仍稱洪武三十二年，自署官屬，以張玉、朱能、邱福為都指揮僉事，擢李友直為布政司參議，拜金忠為燕紀善，秣馬厲兵，揚旗擊鼓，居然造起反來。他恰自稱為靖難軍，小子有詩詠道：

北平興甲似無名，發難偏稱靖難兵。
如此強藩真跋扈，晉陽書叛豈從輕？

畢竟燕王能否成功，且看下回分解。

封建制度，莫盛於周，而東周之弱，實自此致之。厥後漢七國，晉八王，唐藩鎮，元海都篤哇諸汗，皆尾大不掉，釀成禍亂。明祖不察，復循是轍，未幾而即有靖難之

014

師。論者謂建文嗣祚，道貴睦親，乃聽齊泰、黃子澄之言，削奪諸藩，激成燕王之變，是其咎應屬建文。說固似矣，但大都耦國，終為後患。削亦反，不削亦反，誤在案驗未明，屢興大獄。周、齊、湘、代、岷諸王，連日芟除，豆煎釜泣，兔死狐悲，寧有智慮過人之燕王，甘心就廢，束手歸罪耶？且所倚以謀燕者，唯責之張昺、謝貴、張信諸人，信既反覆不忠，貴、昺又未能定變，為燕所縛，如豚犬然。內乏廟謨，外無良弼，坐使靖難軍起，一發難收，是不能不為建文咎也。本回所敘，即為建文啟釁之源，福為禍倚，由來漸矣。

第二十一回　削藩封諸王得罪　戕使臣靖難興師

第二十二回　耿炳文敗績滹沱河　燕王棣詐入大寧府

卻說燕王棣誓師抗命，下諭將士，大旨以入清君側為名，招降參政郭資，副使墨麟，僉事呂震，及同知李浚、陳恭等，一面遣使馳驛，齎奏朝廷。其辭云：

皇考太祖高皇帝，艱難百戰，定天下，成帝業，傳至萬世，封建諸子，鞏固宗社，為磐石計。奸臣齊泰、黃子澄，包藏禍心，搆、柏、桂、楩五弟，不數年間，並見削奪，柏尤可憫，闔室自焚。聖仁在上，胡寧忍此？蓋非陛下之心，實奸臣所為也。心尚未足，又以加臣，臣守藩於燕，二十餘年，寅畏小心，奉法循分。誠以君臣大義，骨肉至親，恆思加慎，為諸王先。而奸臣跋扈，加禍無辜，執臣奏事人，箠楚交下，備極苦毒，迫言臣謀不軌，遂分派宋忠、謝貴、張昺等於北平城內外，甲馬馳突於街衢，鉦鼓喧闐於遠邇，圍守城府，視臣如寇仇，迫護衛人執貴、昺，始知

第二十二回　耿炳文敗績滹沱河　燕王棣詐入大寧府

奸臣欺詐之謀。竊念臣於孝康皇帝，同父母兄弟也，今事陛下如事天也，誓伐大樹，先翦附枝，親藩既滅，朝廷孤立，奸臣得志，社稷危矣。臣伏睹祖訓有云：「朝無正臣，內有奸惡，則親王訓兵待命，天子密詔諸王統領鎮兵討平之。」臣謹俯伏俟命。

書入，建文帝尚遲疑未決，總是因循致誤。那燕王已出師通州，降指揮房勝，進陷薊州，擒殺都指揮馬宣，乘夜趨遵化。指揮蔣雲、鄭亨等，又皆開城迎降，復遣銳卒擊奪居庸關。守將餘瑱，敗走懷來。時都督宋忠，正在懷來駐紮，聞居庸關失守，忙率兵來援，並下令軍中道：「爾等家屬，統在北平，現聞被燕兵屠戮，積屍盈途，快隨我前行，報仇洩恨。」激怒之計，未始不善，但惜系詐言耳。軍士聞了此言，個個怒目切齒，摩拳奮掌，爭向居庸關殺去。一到關前，遙見燕軍前隊的旗幟，當下惱動軍心，大呼宋都督欺我，一聲嘩噪，相率倒戈。宋忠列陣未定，不防這前軍譁變，自相殘殺，正在腳忙手亂，那燕軍復乘勢殺來，眼見得人仰馬翻，不可收拾，當下全軍大潰。都指揮孫泰，本是一員驍將，也被流矢所中，戰死陣中。宋忠逃奔入城，門不及閉，被燕軍一擁而入，四處搜殺，至廁間覓獲宋忠，並擒住餘瑱，一律殺死。諸將校先後受縛，共一百餘人，統因主將已亡，情願捐生，或自刎，或被殺，懷來遂陷。山後諸州皆震動。開平、龍

018

門、上谷、雲中諸守將,望風降附。谷王穗鎮守宣府,也因地近懷來,恐遭兵禍,竟棄了國土,逃奔南京去了。

京中迭聞警耗,建文帝乃祭告太廟,削棣屬籍,廢為庶人,詔示天下,特命宿將耿炳文,為征虜大將軍,駙馬都尉李堅、都尉寧忠為副,率師討燕。子澄又請命安陸侯吳傑,江陰侯吳高,都督都指揮盛庸、潘忠、楊松、顧成、徐凱、李文、陳暉、平安等,分道並進。且從獄中放出程濟,擢為翰林院編修,充作軍師,護諸將北行。一面傳檄山東、河南、山西三省,合給軍餉。臨行時,建文帝諭令將士道:「昔蕭繹舉兵入京,常號令軍中,謂一門以內,自逞兵威,實屬不祥。今爾等將士,與燕王對壘,亦須善體此意,毋使朕有殺叔父名。」湘東故事,何足取法。況湘東因此失國,建文寧未之聞乎?耿炳文等領命出師,共計三十萬人,陸續至真定,當命徐凱率兵駐河間,潘忠率兵駐莫州,楊松率先鋒九千人駐雄縣,約忠為應。

燕王使張玉往探虛實,玉返報導:「炳文年老,潘、楊有勇無謀,行軍安營,統乏紀律,看來俱不足為。唯我軍欲南下,宜先取潘、楊,方可通道。」宿將凋零久矣,只一炳文亦老羸不勝任,誰為為之?以至於此。燕王稱善,即命移軍涿州,進屯桑婁。

第二十二回　耿炳文敗績滹沱河　燕王棣詐入大寧府

時值中秋，天高月朗，燕軍統渡過白溝河，直薄雄縣城下。楊松毫不防備，乘著中秋佳節，大家宰牛飲酒，醉飽酣眠，不料時至夜半，燕軍緣城而上，大刀闊斧，砍入城中，等到楊松驚起，慌忙迎敵，已是不及措手，霎時間九千兵士，悉數戰歿，楊松亦死於亂軍之中。一班酒鬼，盡入冥途。燕王既得雄縣，便諭諸將道：「潘忠近在莫州，未知城破，必引眾來援，我便好生擒他了。」妙算在胸。當下命千戶譚淵，領兵千餘，渡月漾橋，埋伏水中，俟潘忠兵過，據住橋梁，斷他歸路。譚淵受計去訖。燕王即麾兵出城，列陣待著。果然潘忠引兵前來，越過月漾橋，直趨雄縣。將到城下，望見前面統是燕軍，不禁心慌，一經交綏，燕軍如生龍活虎，銳不可當，潘忠料不可支，只好且戰且行。回至橋邊，忽由水中跳出一人，大喝道：「譚淵在此！何不受縛？」潘忠尚未看清，已被譚淵手起槍落，刺倒馬下。譚淵手下諸兵士，搶步出水，把潘忠擒去。潘軍腹背受敵，紛紛投水溺死（潘、楊俱了）。

燕王遂趨入莫州，休息三日，復會議進兵所向。張玉道：「何不徑趨真定？彼眾新集，我軍乘勝進攻，一鼓可下。」燕王依言，即向真定出發。途次獲得耿部下張保，燕王好言撫慰，保自稱願降。燕王遂問耿軍情形。保答道：「耿軍共三十萬人，先到的有十三萬，分營滹沱河南北岸。」燕王道：「你既誠心歸降，我縱你歸去，只說是兵敗被

執,竊馬逃歸,所有雄、莫戰狀,及我兵直趨真定,統可直告炳文便了。」張保唯唯而去。諸將上前稟道:「大王直趨真定,本欲掩他不備,奈何遣保返告?」我亦欲問。燕王笑道:「諸將有所不知。前未知耿軍虛實,因欲襲他不備,今知他半營河南,半營河北,南北互援,不易取勝,何若令他知我行蹤,使他並南歸北,才可一舉盡殲。且使聞雄、莫敗狀,挫損銳氣,這是兵法上所謂先聲後實呢。」諸將方齊稱妙計。燕王即帶著數騎,徑趨真定東門,擒住耿軍二人,訊問耿軍情狀,果將南兵盡移北岸,隨即遣張玉、譚淵、馬雲、朱能等,繞出城西南,連破耿軍二營。炳文出城迎戰,張玉等率軍奮擊,兩下裡喊殺連天,爭個你死我活。不防燕王復親率鐵騎,沿城夾攻,橫貫南陣,耿軍大亂。炳文支持不住,慌忙逃回。朱能率敢死士後追,至滹沱河,炳文眾尚數萬,複列陣向能。一時踐踏死的,不計其數。能奮勇大呼,衝入炳文陣中,炳文軍士,已經重創,無心戀戰,相率披靡,副將李堅、寧忠,都督顧成,都指揮劉燧等,統被擒去。炳文逃入真定,閉門固守。燕軍攻城,三日不能下,引還北平去了。

建文帝聞炳文戰敗,很是懊惱,便召問齊泰、黃子澄道:「炳文老將,尚且摧鋒,為之奈何?」子澄道:「勝敗兵家常事,不足深慮,臣思曹國公李景隆,材堪大用,不

021

第二十二回　耿炳文敗績滹沱河　燕王棣詐入大寧府

如命代炳文。」齊泰道：「景隆能文不能武，斷不可用。」建文不聽，即拜景隆為大將軍，賜通天犀帶，親餞江滸，行推轂禮。景隆赴軍，耿炳文卸任自歸，監察御史韓鬱，以出師無功，獨憤然上疏道：

臣聞人主親其親，然後不獨親其親。今諸王親則太祖之遺體也，貴則孝康帝之手足也，尊則陛下之叔父也，乃豎儒偏見，病藩封太重，疑慮太深，於是周王既廢，湘王自焚，齊、代相繼被摧，為計者必曰兵不加則禍必稔，實則朝廷激之變也。今燕舉兵兩月矣，前後調兵不下五十萬，而一矢無獲，將不效謀，士不效力，徒使中原赤子，困於轉輸，民不聊生，日甚一日，臣恐陛下之憂方深也。諺曰：「親者隔之不斷，疏者屬之不堅」，此言深有至理。伏願陛下鑒察，興滅繼絕，釋齊、代之囚，封湘王之墓，還周王於京師，迎楚、蜀為周公，俾各命世子持書，勸燕罷兵守藩，慰宗廟之靈，篤親親之誼，不勝幸甚。是亦迂腐之談。

建文帝得了此奏，置諸高閣。只催命景隆進兵。景隆至德州，收集炳文將卒，並調諸路兵五十萬，進營河間。燕王聞報，喜諭諸將道：「從前漢高祖用兵如神，還只能將兵十萬，景隆豎子，有什麼才能，乃給他五十萬眾？這正是自取敗亡呢。」言未已，有探馬報說：「明將吳高、耿、楊文等，進軍永平。」燕王投袂遽起，即欲麾軍往援，諸將

022

入請道：「大王出援永平，倘景隆乘虛來襲，如何是好？」燕王道：「景隆不足畏，我出援永平，正欲誘他前來，先破吳高，後破景隆，統在此舉。」當下令世子高熾居守，並戒他堅守勿戰，自率軍徑詣永平。吳高本來膽小，忽聞燕軍大至，竟棄了輜重，退保山海關，燕軍從後追去，斬首數千級。景隆聞燕王出援永平，果引兵薄北平城下，築壘九門，燕世子高熾，督城固守，連婦女也令登陴，亂擲瓦礫。景隆軍令不嚴，竟爾驟退。瓦礫猶能退軍，況矢石乎？景隆豎子，固不足畏。高熾又夜遣勇士，縋城劫營，營中自相驚擾，竟退到十里以外，方敢駐足。獨有都督瞿能，憤怒交迫，自率二子及精騎千餘，直攻張掖門，勢且登城，偏景隆因他擅出，滿懷猜忌，勒令緩攻。既不知兵，又懷私意，不敗何待？守兵連夜用水沃城，翌晨結水成冰，很是光滑，不能再登。兩軍相持不下，這時候，燕王已移師東北，潛襲大寧。原來大寧屬寧王權鎮守，東控遼左，西接宣府，所屬朵顏三衛騎兵，都驍勇善戰。燕軍發難，明廷恐寧王與合，召還京師，寧王抗不受命，坐削護衛。燕王乘隙貽書，並潛師隨後。諸將以大寧無患，北平垂危，請燕王熟權緩急，還救北平。燕王道：「今從劉家口徑趨大寧，數日可達，聞大寧城內，只有老弱居守，所有將士，均派往松亭關，我能襲取大寧，撫綏將士家屬，松亭關自不戰而降。若北平深溝高壘，縱有雄師百萬，一時也難攻取，待我取了大寧，還援北平，尚

第二十二回　耿炳文敗績滹沱河　燕王棣詐入大寧府

是未遲。」陸續敘來，統見燕王妙算。遂從間道登山，馳抵大寧城下，暗令健卒四伏，自己單騎入城，一見寧王，握手大慟，只說建文負我，現在北平被圍，旦夕且下，求吾弟設法救我，替我表謝請赦。真做得像，更兼寧王此時亦有狐兔之悲，能不墮其彀中耶？寧王也相對唏噓，備加慰藉。一面代草表章，情詞娓娓，請貸燕王一死。表發後，設宴相待，笑語殷勤。接連數日，城外的伏兵，多混跡入城，與三衛部長，互相聯繫。燕王方託故告辭，寧王送出郊外，置酒餞行。第一杯遞與燕王，一飲而盡；第二杯復遞到燕王手中，燕王忽將杯擲道：「伏兵何在？」人情反覆，一至於此，煞是可嘆。言甫畢，一聲呼噪，燕軍盡至，竟擁了寧王南行，三衛驍騎，袖手旁觀，大寧都指揮朱鑑，上前爭奪，竟被燕軍殺死。燕王又麾兵入城，揭示安民，只把寧府妃妾世子，及所有寶貨，一擁而出，馳至松亭關。關上將士，已接家屬通報，有心歸燕，統在馬首迎降。燕王派兵分守要害，隨驅著大寧降眾，還向北平。至會州，簡閱將士，設立五軍，命都指揮張玉將中軍，朱能將左軍，李彬將右軍，徐忠將前軍，房忠將後軍，每軍各置左右副將，以大寧降眾，分隸各軍，浩浩蕩蕩，馳援北平。

是時天氣嚴冷，雨雪紛飛，燕王兵至孤山，暫駐北河西，河水汪洋，無舟可渡。燕王望空默祝道：「天若助我，今夜河水結冰。」這一語也是燕王希冀非分，不意上天竟

似有耳,河伯也是效靈,一夕嚴風,將河冰結得甚固。天神果助逆乎?抑助順乎?燕軍凌晨探視,詫為奇異,反報燕王。燕王大喜,即麾兵渡河。適值李景隆移營河濱,先鋒都督陳暉渡河截擊,被燕軍一陣驅殺,大敗奔回。燕軍渡河上岸,回視河冰復解,大家喜得神助,遂抖擻精神,直搗景隆大營。自午至申,連破七寨,景隆不能抵禦,貪夜遁去。燕軍進抵城下,見城外尚有南軍九壘,奮呼殺入,城中亦鼓譟出兵,內外夾攻,哪有不破之理?頓時殺得屍橫遍野,血流成渠。有幾個逃脫的兵士,星夜南奔,追上景隆殘軍,同返德州去了。景隆既至德州,不免悵恨得很,擬再調軍馬,期至來春大舉,忽聞有朝旨下來,嚇得面如土色,至開詔跪讀,竟加封景隆為太子太師,這是事出意外,連景隆都莫名其妙呢。小子有詩嘆道:

敗軍僨轍有明刑,誰料恩榮賜闕廷。
莫怪建文終遜國,誤施賞罰失常經。

畢竟景隆如何邀賞,容至下回敘明。

明太祖殺戮功臣,幾無噍類,至建文嗣位,所存者第一耿炳文。炳文系偏將才,非大帥才也,滹沱河一役,事事不出燕王所料,其才之劣,已可概見。然耿炳文敗回真

025

第二十二回　耿炳文敗績滹沱河　燕王棣詐入大寧府

定,燕軍攻城不下,三日即引還,意者其猶以炳文為宿將,未易攻取乎?至若景隆僅優文學,素未典兵,安可寄以干城之任?子澄誤薦,建文誤用,宜其喪師覆轍也。史稱燕王善戰,寧王善謀,燕寧接壤,燕既發難,正應優詔諭寧,令躡燕後,為兩面夾攻之計,乃復削其護衛,為淵驅魚,即非燕王之計誘,恐燕寧亦必相聯,兔死狐悲,誰不知之?建文帝不謀及此,而盈廷諸佐,又不聞舉此以告,坐使燕藩日盛,禍及滔天,天下事之可長太息者,孰逾於是?讀之令人作三日嘔云。

026

第二十三回 折大旗南軍失律　脫重圍北走還都

卻說李景隆敗回德州，明廷反加封太子太師，賞罰倒置，究是何因？看官不要性急，待小子補敘出來。原來景隆敗報到京，由黃子澄暗中匿住，反奏稱交戰獲勝，不過因天氣寒冷，未便行兵，所以暫回德州，俟春再舉。建文信為實事，遂封景隆為太子太師，景隆受詔後，自己都是不解，嗣接子澄密書，方知子澄代為掩飾，真是感激不盡；且書中勉令再舉，亦合己意。遂飛檄各處，招集兵士，到建文二年孟春，各處兵馬齊集，差不多有五六十萬人，正擬祭旗出發，忽報燕王出攻大同，亟督師往援，道出紫荊關，餘寒尚重，冰雪齊封，軍士各叫苦不迭。幸得偵騎反報，燕王已由居庸關，入返北平，於是相率趨歸。軍士南歸情急，拋棄無數鎧仗，以便速行。還有一班敝兵羸卒，不能熬受凍餓，多半死亡。未曾對仗，且如此狼狽，真令人短氣。

第二十三回　折大旗南軍失律　脫重圍北走還都

景隆回軍月餘，又誓師德州，會同武定侯郭英、安陸侯吳傑等，進兵真定，得兵六十萬，列陣數十里。燕王聞報，語諸將道：「李景隆等都無能為，唯靠了數十萬兵卒，想來謀我，哪知人多易亂，前後不相應，左右不相謀，將帥不專，號令不一，何能成事？爾等但嚴裝待著，敵來即擊，怕他什麼？」雖是安定軍心，恰亦寓有至理。張玉道：「何不先往白溝河，扼住要害，以逸待勞？」燕王點頭道：「平豎子，前曾從眾先往。到了三日，偵悉景隆前鋒都督平安，已將馳到，燕王道：「平安豎子，前曾從我出塞，今日敢來衝鋒，我當前去破他。」當下拔營復進，渡過五馬河，直抵蘇家橋。猛聞炮聲驟響，伏兵猝起，當先一員大將，挺矛突陣，就是南軍都督平安。督罷能父子，亦躍馬而來，刀光閃閃，逢人便砍。燕兵猝不及防，向後倒退。隨後又有都轍亂。忽有三員驍將，出陣攔阻，與平安交戰起來，燕軍望將過去，一是內官狗兒，一是千戶華聚，一是百戶谷允，三對兒盤旋廝殺，頗似棋逢敵手，將遇良材，戰至日暮，方各鳴金收軍。次日，景隆、英、傑等俱到，還有魏國公徐輝祖，亦奉命至師，數人商定一計，暗將火器埋著地下，然後出兵誘敵。燕軍不知是詐，一鼓趨來，突覺火器爆發，煙焰沖天，燕軍多燒得焦頭爛額，連忙返奔，燕王也不能禁止，只好親自斷後。逃了一程，天色已昏，四顧手下，只有三騎，愁雲慘淡，林樹蒼茫，竟不辨東西南北。俄

聞水聲潺潺，料知已到白溝河，急急跑到水濱，下馬伏地，諦視河流，方得辨明方向，倉卒渡河，直達北岸，始見本營所在地，馳入帳中，才得安息。隨諭諸將秣馬蓐食，翌日再戰。

轉瞬天明，使張玉將中軍，朱能將左軍，陳亨將右軍，房寬為先鋒，邱福為後應，共率馬步兵十餘萬，渡河列陣。南軍營內的瞿能父子，約了平安，先後趨出，巧值房寬到來，兩下相交，不到十合，平安怒馬陷陣，寬眾披靡，頃刻奔潰。張玉等見寬已敗陣，統有懼色，獨燕王大喝一聲，自麾健卒數千人，先出陣前，捨命衝突，高煦率張玉等繼進，一場惡戰，真殺得山搖地動，日暗天昏。忽南軍陣裡，梆聲一響，發出了無數硬箭，向燕軍射來，這箭鏃好像生眼，都到燕王馬頭旋繞，馬屢被創，三易三蹶，南軍復乘勢相逼，急得燕王無法可施，也取強弩對付，連射一陣，箭又盡了，乃拔劍左右奮擊，砍傷數人，劍又缺折不堪用，適身旁有騎兵中箭，倒斃馬下，那馬溜韁欲馳，被燕王一手拉住，縱身上馬，加鞭北走。馬甫上堤，忽聽後面大呼道：「燕王休走！徐能來擒你了。」燕王也不及回顧，只揚鞭作招呼狀，情急智生，彷彿曹操之入濮陽城。徐能疑有伏兵，不敢窮追。約過片時，燕王得高煦等救兵，復回馬殺來，巧值平安馳到，一枝矛神出鬼沒，刺死北軍統領陳亨，徐忠急來相救，又被平安拔劍亂斫，傷了二指，指

第二十三回　折大旗南軍失律　脫重圍北走還都

頭將斷未斷，忠忍痛將殘指砍去，裂衣裹創，奮勇再戰。高煦恐燕王有失，也當先奮鬥，幾殺得難解難分。時已晌午，燕軍少懈，瞿能父子，乘隙上前，大呼滅燕騎百餘人。越巂侯俞通淵，陸涼衛指揮滕聚，見瞿能父子得手，也縱馬隨入，正在踴躍爭先的時候，忽覺北風陡起，猛撲南軍，沙石飛揚，迷人雙目，接連是一聲怪響，把景隆身前的大纛，折做兩段。天意可知。景隆料知不佳，正擬鳴金收軍，忽然燕軍隊裡，射出各種火具，火隨風發，霎時燎原。南軍有力難施，只好回馬逃走，陣勢一動，便至大亂。燕王趁這機會，親率勁騎數千，繞出景隆陣後，突入馳擊。前面的高煦，復督領將士，一齊縱火，順風痛殺。可憐這瞿能父子，及俞通淵、滕聚等，俱戰歿陣中，葬身火窟。平安獨力難支，也只好匹馬奔逃。南軍大潰，勢如山崩。燕王麾眾奮追，直至月漾橋，除南軍棄械投降外，被殺死的數不勝數。郭英向西遁去。郭英也是宿將，好似山積，連御賜不中用，可見主有福，方覺將有力。景隆南走德州，拋棄器械輜重，好似山積，連御賜的璽書斧鉞，也一併拋去。還虧徐輝祖率兵斷後，方不至片甲不回。過了數日，燕王復進攻德州，未到城下，景隆先已出走，剩下儲糧百餘萬石，至燕軍入城，安安穩穩的得了糧草，聲勢越振。

是時山東參政鐵鉉，方督餉赴景隆軍，聞景隆敗還，忙馳入濟南，與參軍高巍，收

集潰亡，共誓死守。景隆也遁至濟南，紮營城外。燕軍乘勝進攻，景隆眾尚十餘萬，倉猝迎戰，又被燕軍殺敗，單騎遁去。於是燕軍築壘圍城，經鐵鉉、高巍兩人，督眾固守，圍久不下。警報飛達南京，建文帝不免心慌，沒奈何與齊泰、黃子澄商量，飭左都督盛庸代理，併升鐵鉉為山東布政司使，幫辦軍事。一面召李景隆還京，所有軍務，既已發難，哪肯半途罷手？免，遣使赴燕軍議和。

看官！你想這燕王棣狠鷙心成，並升鐵鉉為山東布政司使，幫辦軍事。鐵鉉撕破來書，擲見了朝使，置諸不理，只命將士奮力攻城，且射書城中，諭令速降。鐵鉉下令道：出城外，燕王大憤，令將士決水灌城，城內陡成澤國，頓時軍民洶洶。「軍民無恐，本司自有良策，靜守三日，便可破敵。」軍民得了此令，也不知他葫蘆中賣什麼藥，且依令安心待著。我亦張目瞧著。這位布政使鐵鉉，居然不慌不忙，暗中差遣幹役，出城求降。及差人還報，燕王已允，約明日入城，鐵鉉佯撤守具，又召集父老數百人，密囑一番，令出城赴燕王營。燕王聞有父老到來，未免詫異，遂出營巡視。只見父老等俱俯伏道旁，涕泣請道：「奸臣不忠，使大王蒙犯霜露，跋涉至此，大王系高皇帝子，民等乃高皇帝百姓，哪敢違大王命？但民等不習兵革，驟見大兵壓境，未識大王為國為民的苦心，還疑是有心屠戮。大王如真心愛民，請退師十里，單騎入城，民等當備具壺漿，歡迎大王。」燕王大喜。也入彀中，若非命不該絕，必死鐵板之下。好言撫

第二十三回　折大旗南軍失律　脫重圍北走還都

慰，令他回城。次日下令退軍，只率勁騎數人，跨馬張蓋，渡過吊橋，直達城下。城門果已大開，門內有無數兵民伏著，高呼千歲。燕王揚揚得意，徐行而入，方至門首，驚聽得踢踏一聲，連忙上視，不瞧猶可，瞧了一眼，那城上竟放下一塊鐵板，差不多有數千斤，虧得眼明手快，勒馬倒退，未及數尺，板已壓下，正中馬首，碎成齏粉。為燕王捏一把汗。燕王驚墮馬下，旁有騎士扶起，另進一馬，縱轡馳去。橋下本設有伏兵，見燕王將要過橋，出水來拆橋板，偏偏橋築甚堅，一時不能遽毀，竟被燕王越橋逸去。真是天意。鐵鉉忙出城來追，已是不及。至回城後，嘆息不已。

越宿聞炮聲震天，燕軍又到，鉉忙督兵登陴，那炮石煞是厲害，彈著城牆，多成窟窿。燕軍且擊且攻，聲勢張甚，鉉恐城被擊破，又想了一計，懸出了一方神牌，上書「太祖高皇帝之靈」七字，想入非非。字樣甚大，射入燕王目中，自覺難以為情，停止炮擊。守兵得運土補隙，城復堅固。鉉復密約盛庸，內外夾攻，擊敗燕眾。燕王憤急得很，左思右想，一時無從得計。僧道衍進諫道：「頓兵堅城，師老且殆，不如暫歸北平，容圖後舉。」燕王乃撤圍北去。鉉及盛庸等出兵追敵，直至德州，城內燕軍，聞燕王北還，亦無心固守，棄城遁去，德州遂復。庸、鉉拜表奏捷，有旨封庸為歷城侯，擢鉉為兵部尚書，尋復詔庸總兵北伐，拜平燕將軍，副將軍吳傑進軍定州，都督吳凱進軍

032

滄州，遙為犄角，合圖北平。

這消息傳達燕王，燕王不以為意。恰下令出擊遼東。又搗鬼了，諸將士各有異言，兵至通州，張玉、朱能入稟道：「大敵當前，正應抵禦，乃出師遼東，捨近圖遠，竊為不解。」燕王聞言，屏退左右，又與兩人密語道：「如此如此。」兩人方頓首稱善，遂倍道趨天津，過直沽，下令將士，循河而南。將士復驚詫起來，燕王道：「爾等道我欲東反南，走錯路頭麼？我夜見白氣二道，東北至西南，占得南征大利，所以改道南行。」還要搗鬼。將士方才無言。

走到天明，已抵滄州城下。滄州鎮帥吳凱，探得燕軍出擊遼東，毫不裝置，盡行殺斃。遣兵四出伐木，修築城牆，不意燕兵猝至，亟督兵分守城堞，眾皆股慄，不及穿甲，只燕將張玉，遽率壯士登城東北隅，肉薄齊飛，仍不少卻。吳凱料不能守，忙與都督程遲，都指揮俞琪、趙滸、胡原等，開城出走。行了里許，突遇著燕將譚淵，帶著健卒，截住去路。吳凱等心忙意亂，勉強抵敵，可奈手下統已潰散，被燕軍左擒右斫，傷斃了萬餘人。還有兵士三千名，見不是路，都下馬降敵，剩得吳凱、程遲等數員將官，如何抵擋，也只得束手就縛。誰知那譚淵凶險得很，佯收降卒，密令軍士掘下坑塹，至夜間盡驅降卒入坑，活活埋死，只把那吳凱、程遲等，械送燕王。燕王見功成計遂，一語道

第二十三回　折大旗南軍失律　脫重圍北走還都

破，舉上文各種疑團，均已了明。很是喜慰，命將所有俘虜，悉數解運直沽舟中，送達北平。自率眾循河而南，復抵德州。盛庸堅壁不出，燕王攻城不下，引兵掠臨清、大名，越汶上，至濟寧。盛庸遂大合鐵鉉、平安各軍，出屯東昌，殺牛犒將士，誓師厲眾，背城列陣，並排著火器毒弩，專待燕軍到來。燕軍仗著屢勝的威風，飛行而至，一見南軍，即鼓譟殺入，怎禁得火器迭發，竟親率精騎，冒著險來衝南軍。盛庸見燕王親至，恰故意分開兩翼，一任燕王殺入，待燕王衝入中堅，復糾兵包圍，繞至數匝。燕王才知中計，慌忙奪路，左馳右突，好似銅牆鐵壁一般，無從得脫。燕將朱能、周長等，望見燕王被困，急率番騎馳救，突入圍中，奮力死鬥，才殺開一條血路，護翼燕王出圍。張玉還道燕王未脫，拚命殺入，突被南軍一陣亂箭，射斃馬下。看官覽到此處，幾疑南軍能射死張玉，獨不能射中燕王，難道燕王有避箭訣，所以南軍不敢放箭，聽他逃去麼？我亦要問。這個原因，試回閱前敘建文帝的命令，便可曉得。建文帝曾飭臨陣諸將，毋使朕負殺叔父名（應二十一回），因此諸將不敢加矢燕王，只想燕王窘迫自縛，投降軍前，哪知燕王有帝王相，憑你如何設計，他總遇著救星，化凶為吉，所以全軍雖敗，恰令各將前奔，自己獨匹馬單刀，且戰且退。南軍紛紛追逼，又被他彎弓搭箭，射

斃數人。等到南軍齊上,卻又來了高煦、華聚等,一陣擊退南軍,揚長而去。

燕王奔還北平,檢閱將士,喪失二三萬,復聞大將張玉戰歿,不禁慟哭道:「兵敗不足慮,獨喪我良輔,實可痛恨。」諸將聞言,亦涕下不已。燕王經此次大創,意欲少休,獨道衍進言道:「臣前謂師行必克,但費兩日,兩日就是東昌的昌字,今東昌遭敗,已成過去,此後必獲全勝。」於是燕王復搜卒補乘,俟至來年再舉,暫且按下。

且說建文帝聞東昌大捷,歡慰非常,一面祭告太廟,一面開復齊泰、黃子澄原官,就是召還京師的李景隆,也赦罪勿問。有罪勿誅,如何振飭軍紀?御史大夫練子寧,宗人府經歷宋徵,御史葉希賢,並奏言景隆失律喪師,且懷貳心,須亟正刑典,然後可謝宗社,勵將士。黃子澄亦上書請誅。是你舉薦包庇,何不自請坐罪?各奏上去,只留中不發,是時已是建文三年,建文帝方大祀圜丘,行慶賀禮,忽報燕王棣又出師北平,由保定南下了。帝乃命盛庸各軍嚴行堵禦,正是:

捷書上達方相賀,敵騎重來又啟爭。

欲知兩軍決戰情形,且至下回再表。

本回敘南北戰事,一誤於李景隆,再誤於盛庸,白溝河之戰,燕王矢盡劍折,逸走

第二十三回　折大旗南軍失律　脫重圍北走還都

登堤，景隆不麾軍追擒，使燕王得遇救殺回，轉致敗潰，是景隆之咎，固無可辭。若盛庸固明明奏捷東昌矣，烏得而言其誤乎？曰：既誘燕王入圍，何不仍用火器強弩，對待燕王。乃任其得救而逸，非誤而何？或謂建文有詔，不殺叔父，盛庸不敢違命，以至於此。曰：將在外，君命有所不受。苟利於國，專之可也。使乘此得殺燕王，則燕軍瓦解，大功告成，何至有再出之患乎？由斯以觀，則李景隆固有誤國之罪，盛庸亦不得謂非誤國也。故吾謂盛庸之罪，不亞於李景隆。

第二十四回　往復貽書囚使激怒　倉皇挽粟遇伏失糧

卻說燕王棣通道衍言,於建文三年春月,復出師南犯,臨行時,自撰祭文,哭奠陣亡將士張玉等,並脫下所服戰袍,焚賜陰魂。將士家父兄子弟,無不感泣。燕王見人心奮激,即整兵至保定,與諸將議所向。邱福等請攻定州,燕王謂不如攻德州,乃移軍東出。途次接著偵報,說盛庸已駐兵夾河。燕王便自率三騎,來覘庸陣。庸結陣甚堅,見燕王掠陣而過,忙遣千騎追趕。燕王仗著善射,連發數箭,射倒追騎五六人,加鞭馳脫。嗣又率步騎萬餘,來薄庸陣。庸軍擁盾自蔽,矢刃不能入。燕王恰令壯士用著長矛,上前鉤盾,兩下牽扯,燕軍即乘隙攻入。燕將譚淵,見敵陣內塵埃滾滾,想已蹂亂,急欲上前爭功,策馬而出,部下指揮董中峰,亦隨著出來,正要衝入敵陣,兜頭遇著一員敵將,執著長槍,來戰譚淵。不數合,敵將虛晃一槍,勒馬回陣,譚淵縱馬追入,不防被敵將回槍一

第二十四回　往復貽書囚使激怒　倉皇挽粟遇伏失糧

刺,適中咽喉,撞落馬下。坑人者卒死人手。董中峰忙來相救,又被敵將拔劍一揮,砍作兩段。這敵將叫做莊得,乃是盛庸麾下的都指揮,燕軍見譚淵陷沒,不覺驚退。莊得乘勢驅殺,燕軍大挫,燕王且戰且行。可巧燕將朱能,率鐵騎前來接應,燕王即讓過兩人,令他當先,自己從間道繞出,來襲南軍背後。慣用此著。南軍專向前面截殺,不防後面又有一軍殺來,這是盛庸疏虞處。南軍措手不及,頓時大亂。燕王擊破庸陣,與朱能、張武等,合軍喊殺,惱得這個莊指揮,不管死活,一味向前亂闖。還有驍將楚智、張能,也拚命相爭。燕軍見他勇悍,索性把他圍住,用了強弩毒矢,四面攢射,莊得身中數箭,竟斃命。張能兀自挐著皂旗,往來衝突,不到片時,也集矢如蝟,死於非命,他尚手執大旗,植立不僕,燕軍素畏張能,呼他為皂旗張,及死後兀立,還不敢近前。唯楚智持著雙刀,左劈右砍,殺死燕軍數人,幾已突出重圍,誰知一箭飛來,正中右臂,箭頭有毒,痛不可支,頓時暈倒在地,被燕軍活捉而去。嗣後甦醒轉來,亂罵燕王,遂致遇害。時已天暮,兩邊各斂兵入營。燕王檢點將士,也傷了無數,又失了大將譚淵,悲憤交迫,竟帶同十餘騎,逼盛庸營,露宿一宵。意不可測。

到了天明,四面皆圍著庸兵,左右請燕王急遁。燕王仍談笑自若,待至日出,吹動畫角,招集騎兵,從容上馬,穿營而去。盛庸諸將,相顧愕眙,連一箭也不敢發,由他

038

往返自如。燕王固奇，盛庸諸將，亦覺可怪。越日復戰，燕軍陣東北，盛庸陣西南，苦戰一日，互有殺傷。兩軍統覺疲乏，各擬鳴金收兵，忽東北風大起，塵霧蔽天，砂礫擊面，兩軍瞇目，咫尺不見人影。風師又來助陣。燕王麾旗大呼，縱左右翼橫擊庸軍，鼓聲震地。庸軍正思歸休，哪禁得燕軍殺來，不戰而潰。燕軍乘風追趕，至滹沱河口，逼庸軍入水，踐溺死的，不計其數。盛庸退保德州，沒奈何據實申報。

建文帝正因宮嬪翠紅，投繯自盡，頗為傷感，及接著敗報，益覺驚惶無措。原來翠紅姓王，臨淮人，年十八入宮，二十得幸，貌既可人，才又軼眾，早知燕王有異志，勸帝剪除，帝斥她離間骨肉，降隸宮娥。至燕兵發難，頗憶翠紅前言，仍欲把她復位，偏宮中多懷妒忌，暗進讒言。翠紅聞著，憤無可洩，竟取了三尺白綾，斷送一條性命。還是死得乾淨。建文帝聞她自縊，也為悲淚不置，瘞葬水西門外的萬歲岡（述翠紅事，可補正史之缺）。悲懷未了，警信復來，又只得召入齊泰、黃子澄，密商許久，令他出外募兵，恰故意下詔竄逐，遣使與燕王議和。燕王不從，且上書請罷盛庸、吳傑、平安各兵。建文帝又召問方孝孺。孝孺道：「燕兵久叛大名，天將暑雨，勢且不戰自疲，今宜令遼東諸將，入山海關攻永平，真定諸將，渡蘆溝橋搗北平，彼必歸救，我用大兵躡後，不難擒住燕王。現且佯與報書，往返數月，懈彼軍心，謀定勢合，便可進兵往蹴，

第二十四回　往復貽書囚使激怒　倉皇挽粟遇伏失糧

一鼓蕩平。」看似好計，奈不足欺騙燕王。建文帝連聲稱善，即遣大理寺少卿薛嵓，持詔赦燕王罪，令即罷兵歸藩。嵓尚未至，燕王又與吳傑、平安夾攻燕軍，矢如雨集，燕軍多中箭陣亡，燕王所建大旗，亦被叢矢注射，七洞八穿。吳傑、平安方驚慮間，空中大風倏至，又來幫助燕王，比夾河一戰的風勢，還要厲害，拔木飛沙，吼聲如雷。燕王復麾兵四蹙，恁你吳傑、平安，如何勇力，也不得不棄兵遁走，可憐南兵走投無路，多被燕軍殺死。驍將鄧戩、陳鵬等，陸續被擒。吳傑、平安走入真定，喪師數萬。燕王俘獲南軍萬人，除將士外，悉數縱還。又分兵略順德、廣平、河北諸郡縣，氣焰越盛。

大理寺少卿薛嵓，齎詔入燕營，燕王讀詔畢，怒對薛嵓道：「汝臨行時，上有何言？」嵓答道：「皇上有旨，殿下早晨釋甲，朝廷暮即班師。」燕王獰然笑道：「這語不能誑三尺小兒，乃欲來誑我麼？」嵓顫慄不能對，使非其人，多辱君命。燕將大嘩，群請殺嵓。燕王道：「兩國相爭，不斬來使，況他曾奉詔到此，爾等休得妄言！」既知有君，如何造反？這也是欺人之語。乃令蹟遍觀各營，戈矛旗鼓，相接百餘里，嚇得蹟汗流浹背，踡蹐不安。燕王留嵓數日，嵓告別欲歸，燕王語嵓道：「為我歸語天子，我父即天子之大父，天子父系我同產兄，我為親藩，富貴已極，尚復何望？無非望做皇帝，

040

何必過謙?且天子待我素厚,只因權奸讒構,釀成釁隙,我為救死起見,不得已發兵南來,今幸蒙詔罷兵,不勝感戴。但奸臣尚在,大軍未還,我軍心存惶惑,未肯遽散,望皇上立誅權奸,遣散各軍,我願率諸子歸罪闕下,恭候皇上處治。」一派甘言,恐亦不能欺三尺小兒。崑唯唯聽命。燕王復令中使送他出境。

崑沿途不敢逗留,數日到京。方孝孺先與崑晤,詳問燕事。崑把燕王所言,具述一遍,孝孺嘿然。及崑入見帝,亦備述前意,且言燕軍甚盛,不易破滅。帝語孝孺道:「果如崑言,是曲在朝廷,齊、黃二人,誤朕太甚了。」孝孺道:「陛下使崑宣諭燕王,崑反為燕王作說客,如何可信?」於是帝又游移未決。總是優柔寡斷。既而吳傑、平安等,收集潰卒,往斷北平餉道,燕王未免懷憂,乃遣指揮武勝,復馳奏到京,大略言朝廷已許罷兵,盛庸等獨擁兵未撤,且絕臣餉道,請從嚴懲辦云云。建文帝得了此奏,頗有罷兵意,便將原奏示方孝孺,且語孝孺道:「燕王為孝康皇帝同產弟,系朕親叔父,若逼他過甚,如何對得住宗廟神靈?」孝孺抗奏道:「陛下果欲罷兵麼?兵罷不可復聚,若他長驅犯闕,如何對付?臣願陛下毋為所欺,速誅武勝,與他決絕,那時士氣一振,自必得勝。」前雲伴與往來,今復請與決絕,且欲誅使以激其怒,自相矛盾,安望成功。建文帝又信了孝孺,縛勝下錦衣獄。忽寬忽嚴,太無定見。

第二十四回　往復貽書囚使激怒　倉皇挽粟遇伏失糧

燕王聞報大怒,即遣都指揮李遠等,率輕騎六千餘人,改換南軍衣甲,混入濟寧、谷亭一帶,與南軍混雜,乘機縱火,把南軍所積糧餉,一炬成灰。燕將邱福、薛祿,復合兵破濟州城,潛遣兵抄掠沛縣,又放起一把無名火,將南軍糧船數萬艘,一齊毀盡,所有軍資器械,統成煨燼,河水盡熱,魚鱉皆浮死。彷彿曹軍之焚烏巢。自是南軍乏糧,愈覺短氣,至盛庸聞耗,遣將袁宇率軍邀截,又被李遠設伏擊敗,斬首數千級。這消息傳到京城,大為震動。方孝孺乃獻上一計,欲離間燕王父子,請遣書高熾,允他王燕,令他父子相疑,自成亂釁。建文帝稱為奇謀,慢著!即命孝孺草書,遣錦衣衛千戶張安,齎書投燕。燕世子高熾,偏是乖巧,得書後並不啟封,他聞知張安來意,即遣人馳報燕王,燕王頗也疑心,轉問高煦。高煦本是個狠戾人物,管什麼兄弟情誼,自然添些兒壞話。湊巧差騎已到,送入張安,並呈原書。燕王展閱畢,不禁驚喜道:「險些兒殺我世子。」遂命將張安拘禁,更覆書慰勉高熾,那時方孝孺一番計畫,又徒成畫餅了。計固未佳。

盛庸因餉道不通,焦悶異常,即檄大同守將房昭,引兵入紫荊關,據易州西水寨,窺伺北平。平安亦從真定出兵,擬向北平進擊。燕王時在大名,遣將朱能等截擊平安,

042

自領大軍往攻房昭。房昭被困多日，向真定乞援，真定發兵往救，被燕王設伏齊眉山下，一鼓擊退，斬獲無數。房昭勢窮援絕，只得棄寨西遁，潰圍時喪亡多人。平安到了半途，也被朱能殺敗，走還真定。燕王得了許多輜重，凱旋北平。

建文帝屢聞敗耗，無計可施，忽憶著太祖臨崩，嘗有遺囑委託梅殷，要他力扶幼主，遂召他入朝，商決軍事。梅殷系汝南侯梅思祖從子，通經史，善騎射，曾尚太祖女寧國公主，素得太祖寵眷，太祖彌留時，殷亦傳側，太祖囑他道：「諸王強盛，太孫稚弱，煩你盡心輔佐，如有犯上作亂，應為朕出師討罪。」殷頓首受命。至是奉詔入朝，建文帝提起遺言，意欲命他出鎮，殷直任不辭，遂受職總兵，出鎮淮安，募集淮安兵民，號四十萬，駐守淮上，防扼燕軍。一面由寧國公主，致書燕王，責以君臣大義，燕王不答。是時朝廷中官，出使外省，多半侵暴百姓，怨言四起，台臣交章劾奏，建文帝特別懊惱，嚴旨斥責，逮繫罪犯，盡法懲治。中官怨忿交迫，索性喪盡天良，密遣人馳赴北平，具言京師如何空虛，如何可取。蠢國殃民，端在此輩。燕王不禁慨然道：「頻年用兵，何時得了？要當臨江一決，不再返顧呢。」道衍亦勸燕王直趨南京，燕王遂大舉誓師，擇日出發。一路馳突，所向無前，連陷東平、濟陽諸州縣，斷絕徐州餉道，並破蕭沛及宿州。京師聞警，命徐輝祖往援山東。輝祖星夜前行，

第二十四回　往復貽書囚使激怒　倉皇挽粟遇伏失糧

至小河，聞都督何福，與燕軍交戰，大獲勝仗，平安轉戰至北阪，亦殺敗燕軍（兩處勝仗，隨筆寫過）心下大慰。即驅眾至齊眉山，與何福合兵，復與燕軍廝殺。兩下裡捨命角逐，自午至酉，勝負相當。燕將李斌，衝鋒突陣，忽被流矢射中馬首，馬倒被擒。斌係著名健將，受擒後尚格殺數人，方才斃命，燕軍為之奪氣，隨即潰散。燕將王真、陳文，亦皆戰死。燕王退走數十里，才得安營。眾將因屢次敗起，請還師休養，俟釁再動。燕王道：「兵事有進無退，稍稍失敗，何可遽回？公等但顧目前，寧識大計？」言已，復下令軍中道：「欲渡河北歸，請趨左！否則趨右。」此令殊誤。眾將多趨左。燕王大聲道：「爾等既不願南行，任從自便！」言下很有怒容。朱能即出為調停道：「諸君獨不聞漢高遺事麼？漢高十戰九敗，終有天下，今我軍尚勝多敗少，如何便有退心？」太祖屢效漢高，朱能亦以漢高擬燕王，父子皆思創業，安得不骨肉相戕耶？諸將始嘿然無言。燕王恐兵士譁變，好幾日衣不解甲，夜不安寢。

這消息傳將出來，南軍很是相慶，還有京內一班廷臣，聞這捷報，爭說燕軍且遁，京師不可無良將鎮守，應召魏國公還京等語。建文帝又疑惑起來，遂下詔召還輝祖。輝祖一返，何福勢孤，燕王復遣朱榮、劉江等，率輕騎截南軍餉道，且令游騎擾他樵採。何福支持不住，只得移營靈璧，以便就糧。平安運糧赴何福營，率馬步兵六萬為衛，令

044

糧車居中，陸續出發，將到靈壁，不防燕軍已預先待著，驟出邀擊，競來奪糧。平安慌忙抵敵，殺了半日，未能退敵，再命弓弩手更迭放箭，射倒燕軍千餘名，敵始稍卻。平安方欲進行，忽見燕王督軍親到，來勢很猛，一時不及攔阻，竟被燕軍橫貫入陣，酣戰多時，分作兩橛。說時遲，那時快，何福聞平安到來，也開壁來援，與平安合擊燕軍，殺傷相當，燕王又麾軍退去。未敗又退，仍是狡計。平安、何福兩人，總道燕軍已退，可無他慮，慢慢兒押著糧車，往靈壁營。約行數里，天色微昏，暮靄四合，野景蒼茫，前面叢林錯雜，濃綠成陰，只見黑壓壓的一團，辨不出什麼枝幹。既寫夜色，又點夏景。各軍正放心過去，猛聞胡哨四起，鉦鼓隨鳴，林間殺出千軍萬馬，衝斷南軍，當先馳入的統將，不是別人，就是燕王次子高煦。南軍已經戰乏，哪禁得這支生力軍？況兼林深色暝，不知有多少人馬，兵刃未交，心膽已碎，大家逃命要緊，還管那什麼糧餉？平安、何福，尚想勉力抵禦，後面又來了燕王的大軍，眼見得不能抵敵，只好奪路逃走，及到靈壁，不但糧車盡失，且喪師萬餘人，傷馬三千餘匹。何福、平安以下，統是相對唏噓，勉強閉寨拒守，是夜還幸沒事，未見燕軍進攻，只營中糧食已盡，勢難復留，當由眾將會議，移師至淮河就糧。何福也以為然，定於次日夜間，以放炮三聲為號，一齊拔營。眾將得令，好容易挨過一日，晚餐以後，各軍收束停當，專待炮響起

045

第二十四回　往復貽書囚使激怒　倉皇挽粟遇伏失糧

分教：

未知南軍能否逃生，且至下回交代。

全巢盡覆無完卵，巨劫難逃盡作灰。

燕王起兵三年，身臨戰陣，親冒矢石，瀕死者屢矣，而卒不死，雖曰天命，要莫非自建文帝縱之。燕王無君，建文帝亦不必有叔。如以為叔姪之誼，不忍遽忘，則曷若迎歸燕王，讓以大位，俾息兵安民之為愈乎？乃既削燕王屬籍，廢為庶人，不忍遽忘，則曷若迎歸燕王，讓以大位，俾息兵安民之為愈乎？乃既削燕王屬籍，廢為庶人，毋使朕負殺叔父名，坐使燕王放膽，任意橫行，無人敢制。且聞敗即懼，聞捷即喜，喜怒無常，恩威妄用，當國家多難之秋，顧可若是之胸無定見乎？燕王始終不臣，建文游移失據，成敗之機，胥於此分之。故本回以燕王為賓，以建文帝為主，而軍事之勝敗，尚不過為一種之形容。閱者賞其詞，尤當識其意，庶不負作者苦心。

程。俄聞外面炮聲已起，接連三響，正與號令相合，遂一齊開門，趨出營外。誰知四面八方，統列著燕軍，一俟南軍出營，捉一個，殺一個，好似砍瓜切菜一般。這一番，有

046

第二十五回　越長江燕王入京　出鬼門建文遜國

卻說何福、平安等，拔營欲走，偏遇燕軍薄壘，猝不及防，而且號炮三聲，也是燕軍所放。燕軍並不知何福號令，只因夤夜襲營，鳴炮進攻，可巧與何福號令相合，福軍誤為自己鳴炮，爭欲出走，這真所謂冤冤相湊呢。副總兵陳暉，侍郎陳性善等三十餘人，或戰歿，或被全營紛擾，人馬蹂躪，濠塹俱滿。燕軍趁勢亂殺，頓時執，連驍將平安，也倉猝馬蹶，為燕軍獲住，只有何福單身逃脫。這次戰事，所有南軍精銳，悉數傷亡，嗣是一蹶不振。黃子澄聞報大哭道：「大事已去，我輩萬死，不足贖誤國罪名。」你也自悔麼？乃上書請調遼兵十萬，至濟南與鐵鉉合，截擊燕軍歸路。建文帝准奏，飛飭總兵楊文，調遼兵至直沽。不料又被燕將宋貴，兜頭襲擊，遼兵皆潰，楊文就擒，並沒有一兵一將，得至濟南。

第二十五回　越長江燕王入京　出鬼門建文遜國

燕王遂長驅至泗州，收降守將周景初。安民已畢，往謁祖陵。陵下父老，都來叩見。燕王遍賜酒肉，親加慰勞。父老皆喜，拜謝而去。燕王即欲渡淮，聞盛庸領馬步兵數萬，戰艦數千，列淮南岸，嚴陣以待，恰也不敢造次進兵，乃遣使至淮安，往見駙馬梅殷。只說要進香淮南，懇他假道。梅殷道：「皇考有訓，禁止進香，不遵先命，便是不孝。」叱使令去。使人返報，燕王大怒，復致書梅殷，略言：「本藩出兵到此，為入清君側起見，天命有歸，何人敢阻？不早見機，後悔無及。」殷得書亦憤，竟將來使耳鼻，盡行割去，並語來使道：「暫留你口，歸報殿下，君臣大義，可不曉得麼？」這語回報燕王，燕王無可奈何，另擬取道鳳陽。鳳陽知府徐安，聞燕王至淮，拆浮橋，匿舟楫，斷絕交通。燕軍又不能渡。

燕王躊躇一會，想出了一條好計，召邱福、朱能等入帳，密囑令去，自引軍至淮水北岸。指揮將士，艤舟揚筏，張旗鳴鼓，偽作欲渡狀。南軍對岸瞧著，整備兵械，嚴裝設防，專待燕軍南渡，襲擊中流。那知燕軍鼓譟多時，並沒有一舟一筏，渡越過來。明有計，盛庸如何不防？南軍瞪目遙望，差不多有小半日，各自還營暫息，忽營外喊聲驟起，殺到許多燕軍，人亂馬嘶，嚇得南軍魂不附體。看官道這支燕軍，從何而來？原來是邱福、朱能等，受了密計，帶著驍勇數百人，西行二十里，從上流僱了漁舟，偷渡

048

淮水，繞至南軍營前，奮勇殺入。盛庸並不預防，還疑燕軍飛到，慌忙出帳上馬，意圖逃走，不意馬亦驚躍，反將盛庸掀了下來，庸跌僕地上，手足被傷，幾乎不能動彈，虧得手下親兵，把他扶起，掖登小舟，倉皇遁去。蛇無頭不行，兵無主自亂，頓時全營大潰。燕王乘機飛渡，上岸夾擊，立將南軍掃淨，盡獲淮南戰艦，遂下盱眙，陷揚州，殺死都指揮崇剛，及巡按御史王彬，別遣指揮吳庸，諭下高郵、通泰、儀真等城，遂進營高資港，艤舟江上，旗鼓蔽天。

京師震恐異常，建文帝忙遣御史大夫練子寧、侍郎黃觀、修撰王叔英等，分道徵兵。各鎮觀望不前，或且輸款燕王，有意歸附。還有朝上六卿大臣，恐在京遭困，多半籲請出守，以便四逸，京內越覺空虛。建文帝亦越覺惶急，沒奈何下詔罪己，暗中怡召還齊泰、黃子澄，商決最後的要策。一誤再誤胡為乎？方孝孺入奏道：「今日事急，且許割地議和，暫作緩兵之計。俟至募兵四集，再決勝負。」此老又出迂謀。建文帝流淚道：「何人可使？」孝孺道：「不如遣慶城郡主往燕營。」郡主系燕王從姊，既見燕王，燕王先哭，真耶偽耶？郡主亦哭，彼此對哭一場。燕王方問道：「周、齊二王何在？」郡主道：「周王已召還京師，齊王仍在獄中。」燕王嘆息不置。郡主徐申帝意，燕王道：「皇考分土，尚不能保，何望割地？且我率兵

第二十五回　越長江燕王入京　出鬼門建文遜國

來此，無非欲謁孝陵，朝天子，規復舊章，請赦諸王，令奸臣不得矇蔽主聰，我即解甲歸藩，仍守臣禮，若徒設詞緩兵，今日議和，明日仍戰，徒令吾姊往返，反墮奸臣計中，我非愚人，賺我何為？」孝孺迂謀，又被燕王一口道破。郡主不便再言，只得告歸。燕王送出營外，復語郡主道：「為我歸謝皇上，我與皇上至親相愛，並無歹意。只恐未必。但請皇上從此悔悟，休信奸謀！且為傳語弟妹，我幾不免，賴宗廟神靈，佑我至此。相見當不遠了。」是滿意語。

郡主還白建文帝，帝復問方孝孺，孝孺道：「長江天塹，可當百萬兵，陛下不必畏懼。」還是迂談。上言未畢，錦衣衛走報，蘇州知府姚善、寧波知府王璡、徽州知府陳彥回、樂平知縣張彥方、永清典史周縉，各率兵來勤王了。建文帝稍稍放心，便一一召見，溫言慰勉，令各出屯城外。一面命兵部侍郎陳植，往江上督師。會燕王進軍瓜州，命中官狗兒，不愧燕王功狗。偕都指揮華聚，領前哨兵，出浦子口，湊巧次子高煦，引兵到來，燕王大喜，忙出營相見，撫煦背道：「世子多疾，轉戰立功，所賴唯汝。」此語足啟兵逆擊，殺敗狗兒、華聚等。敗兵返報燕王，燕王欲議和北還，高煦奪嫡之心，燕王亂國不足，尚欲傳諸高煦耶。高煦聞命踴躍，遂努力來擊庸軍，庸軍小卻。會侍郎陳植到營，慷慨誓師，甚至痛哭流涕，可奈軍心已變，憑你舌吐蓮花，

050

也是沒效。都督僉事陳瑄，竟受燕王運動，領舟師往降燕王。還有陳植麾下的金都督，亦欲叛去，植窺破金意，召入詰責，不料反觸動彼怒，竟將陳植殺死，率眾降燕。燕王問明底細，立誅金都督，且具棺歛植，遣官送葬白石山。權術可愛。於是設祭江神，誓師競渡。舳艫銜接，旌旗蔽空，微風輕颺，長江不波，鉦鼓聲遠達百里，南軍相率駭愕。盛庸等麾眾抵禦，未曾交戰，已先披靡，燕軍前哨登岸，只有健卒數百，來衝庸軍，庸軍大亂，霎時盡潰。至燕王渡江後，引軍窮追，直達數十里。南軍除被殺外，統已散逸，單剩盛庸一人一騎，落荒走脫。燕軍乘勝下鎮江，擬休養數日，進薄京城。

建文帝聞報，徘徊殿廷，束手無策，復召方孝孺商議。孝孺請速誅李景隆，建文不從。廷臣鄒公瑾等十八人，聞孝孺言，即擁景隆上殿，各舉象笏，沒前沒後的亂擊，把他打得頭破血流。景隆原是可誅，但事已至此，誅亦無益。一班廷臣，攢笏亂擊，更失朝儀，可笑可嘆！建文帝喝住眾官，只命景隆上前奏對。景隆俯伏丹墀，叩首不已。到了後來，方說出議和二字。建文帝即委任景隆，令與兵部尚書茹瑺，再至燕營議和。兩人見了燕王，俱伏地頓首。燎訛無恥。燕王冷笑道：「公等來此何干？」景隆接連碰頭道：「奉主上命，特來乞和，願割地分南北。」燕王不待說畢，便道：「我從前未有過舉，無端加罪，削為庶人，公等身為大臣，未聞替我緩頰，今反來

第二十五回　越長江燕王入京　出鬼門建文遜國

　　卻說客麼？我今救死不暇，要土地何用？況今割地何名？皇考已明明給我北藩，都由奸臣播弄，下詔削奪，總教繳出奸臣，我便罷兵。天日在上，絕不食言！」敢問後來何故篡國？景隆等拜謝回京。建文帝令景隆再赴燕營，只說：「罪人已加竄逐，俟拿住後即當繳出。」景隆頗有難色，帝乃命諸王偕行。燕王見諸王到來，開營迎入。諸王具述帝意，燕王道：「諸弟試思上言，是真是假？」諸王齊聲道：「大兄明鑑，想必不謬。」燕王道：「我此來但欲得奸臣，餘無他意。」遂設酒宴飲。諸王遣使歸報。廷臣以燕王不肯議和，多勸帝他徙，暫避兵鋒。方孝孺獨抗奏道：「京城裡面，尚有勁兵二十萬，城高池深，糧食充足，今宜盡撤城外民居，驅民運木入城，令北軍無可依據，當時將不戰自走呢。」迂腐極矣。建文帝依計而行，令民撤屋運木。時方盛暑，居民不願搬拆，各縱火焚屋，連日不息。孝孺復請令諸王分守都城，帝亦依言，命谷王、安王櫛率著民兵，分段防守。齊泰、黃子澄，尚欲出外募兵，請命帝前，不待建文準奏，便即自去。泰奔廣德州，子澄奔蘇州，無非為避難計。建文帝不禁太息道：「事出若輩，乃棄朕遠遁麼？」這叫做罪歸於主。正說著，外面已報燕軍薄城，建文帝尚召方孝孺問計。孝孺請堅守待援，萬一不濟，當死社稷。」可與適道，未可與權。

　　帝聞奏，倍加惶急。御史魏冕，跟蹌趨入，報稱左都督徐增壽密謀應燕，帝尚未

052

信，尋復有人接連入奏，乃命左右拿到增壽，面數罪狀，親自動手，掣出佩刀，把他砍死。怒尚未息，復見翰林院編修程濟，跑入殿中，大呼道：「不好了，不好了，燕軍已入城了！」建文帝道：「這麼容易，莫非有人內應麼？」程濟道：「谷王、李景隆等，開金川門，迎入燕王，所以京城被陷。」建文帝流淚道：「罷！罷！朕未嘗薄待王公，他竟如此負心，還有何說？」程濟道：「御史連楹，曾伏叩燕王馬前，欲刺燕王，不幸獨力難成，反被殺死。」建文帝復道：「有此忠臣，悔不重用，朕亦知過，不如從孝孺言，殉了社稷罷。」言畢，即欲拔刀自盡。少監王鉞奏道：「陛下不可輕生，從前高皇帝升遐時，曾有一篋，付與掌宮太監，並遺囑道：『子孫若有大難，可開篋一視，自有方法。』程濟插口道：「篋在何處？」王鉞道：「藏在奉先殿左側。」左右聞了此言，都說大難已到，快取遺篋開視。建文帝即命王鉞取篋，扛一紅篋入殿，這篋很覺沉重，四圍俱用鐵皮包裹。連鎖心內也灌生鐵。當由王鉞取了鐵錐，將篋敲開，大家注視篋中。統疑有什麼祕緘，可以退敵，誰知篋中藏著度牒三張，一名應文，一名應能，一名應賢，應文從鬼門出，餘人從水關御溝出行，薄暮可會集神樂觀西房。朱書一紙，紙中寫著，應文從鬼門出，餘人從水關御溝出行，薄暮可會集神樂觀西房。又有袈裟僧帽僧鞋等物，無不具備，並有薙刀一柄，白銀十錠，及建文帝嘆息道：「數應如此，尚復何言？」程濟即取出薙刀，與建文祝發。想曾習過薙

第二十五回　越長江燕王入京　出鬼門建文遜國

髮司務。吳王教授楊應能，因名符度牒，願與帝祝發偕亡。監察御史葉希賢道：「臣名希賢，宜以應賢度牒屬臣。」遂也把發薙下。三人脫了衣冠，披著袈裟，藏好度牒，整備出走；一面命縱火焚宮。頓時火光熊熊，把金碧輝煌的大內，盡行毀去。皇后馬氏，投火自盡。妃嬪等除出走外，多半焚死，建文帝痛哭一場，便欲動身。在殿尚有五六十人，俱伏地大慟，願隨出亡。可云難得。建文帝道：「人多不便出走，爾等各宜自便。」御史曾鳳韶牽住帝衣，且叩頭道：「臣願一死報陛下恩。」建文帝也不及回答，麾衣出走。那時誓死相從的，還有九人，從帝至鬼門。鬼門在太平門內，系內城一矮扉，僅容一人出入，外通水道。建文帝傴僂先出，餘亦魚貫出門。門外適有小舟待著，舟中有一道裝老人，呼帝乘舟，並叩首稱萬歲。帝問他姓名，答稱：「姓王名昇，就是神樂觀住持。」奇極怪極。且云：「昨夜夢見高皇帝，命臣來此，所以艤舟守候。」想是太祖僧緣未滿，故令乃孫再傳衣缽。帝與九人登舟，舟隨風駛，歷時已至神樂觀，由王昇匯入觀中。時已薄暮，俄見楊應能、葉希賢等十三人同至，共計得二十二人，由小子按著官銜，編次如下：

兵部侍郎廖平　　刑部侍郎金焦　　編修趙天泰、程濟　　檢討程亨　　按察使王艮　　參政蔡運　　刑部郎中梁田玉　　監察御史葉希賢　　中書舍人梁良玉、梁中節、宋和、郭節　　刑

部司務馮　鎮撫牛景先、王資、楊應能、劉仲　翰林待詔鄭洽　欽天監正王之臣　徐王府賓輔史彬　太監周恕

楊應能、葉希賢等見帝，尚俯伏稱臣。建文帝道：「大家隨師出走，原是一片誠心，但稱，不必行君臣禮了。」諸臣涕泣應諾。廖平道：「大家勢盛，耳目眾多，何必定去雲南？」帝隨口作答，是夜便寄宿館中。天將曉，帝足痛不能行，當隨行不必多人，更不可多人，就中無家室牽累，並有膂力可以護衛，方可隨師左右，至多不過五人，餘俱遙為應援，可好麼？」建文帝點首稱善。於是席地環坐，由王昇呈進夜膳，草草食畢。比御廚珍饈何如？當約定楊應能、葉希賢、牛景先、王之臣六人，往來道路，給運衣食。六人俱隱姓埋名，改號稱呼。餘十數人分住各處，由帝順便寓居。帝復與諸人計議道：「我留此不便，不如遠去滇南，依西平侯沐晟。」史彬道：「大家勢應能、希賢稱比邱，濟稱道人，馮㴶、郭節、宋和、趙天泰、牛景先、王之臣六人，往可為家，何必定去雲南？」帝隨口作答，是夜便寄宿館中。天將曉，帝足痛不能行，當由史彬、牛景先兩人，步至中河橋，覓舟往載。適有一艇到來，舟子系吳江人，與史彬同籍。彬頗相識，問明來意，系由彬家差遣，來探消息。彬大喜，反報建文帝，願奉帝至家暫避。帝遂出觀駕舟，同行為葉、楊、程、牛、馮、宋、史七人，餘俱作別，訂後

第二十五回　越長江燕王入京　出鬼門建文遜國

會期。及舟至吳江,彬奉帝還家,居室西偏日清遠軒,帝改名水月觀。親筆書額,字作篆文。越數日,諸臣復至,相聚五晝夜。帝命歸省。至燕王即位,削奪逃亡諸臣官銜,並命禮部行文,追繳先時誥敕。蘇州府遣吳江邑丞鞏德,至史彬家索取誥敕等件,彬與相見,鞏德謂,建文皇帝聞在君家,是否屬實?彬答言未至,鞏德微哂而去。建文帝聞著此信,知難久住,遂與楊、葉兩比邱,及程道人,別了史彬,決計往雲南去了。建文帝好文章,善作詩歌,嘗題詩壁間,留有二律云:

風塵一夕忽南侵,天命潛移四海心。
鳳返丹山紅日遠,龍歸滄海碧雲深。
紫微有像星還拱,玉漏無聲水自沉。
遙想禁城今夜月,六宮猶望翠華臨。

閱罷楞嚴磬懶敲,笑看黃屋寄團瓢。
南來瘴嶺千層迥,北望天門萬里遙。
款段久忘飛鳳輦,袈裟新換袞龍袍。
百官此日知何處,唯有群烏早晚朝。

建文去國,京中作何情狀,且待下回表明。

燕王渡淮，南京已不可守，此時除議和外，幾無別法。然野心勃勃如燕王，豈肯就此議和，解甲歸去？郡主之遣，諸王之行，益令燕王藐視。至若李景隆、茹瑺輩、伏地乞憐，更為國羞，尚何益乎？至金川門啟，大內自焚，乃有建文出亡之說，紅篋留貽，君臣祝發，事屬怪誕不經，豈太祖果有先覺，預為乃孫計耶？或謂由青田劉基之預謀，考之正史，基亦無甚奇蹟，不過建文出亡，剃度為僧，未必無據。就王鏊、陸樹聲、薛應旗、鄭曉、朱國楨諸人，所載各書，皆歷歷可稽。即有舜訛，亦未必盡由附會，唯紅篋事或屬諸子虛耳。乃祖以僧而帝，乃孫由帝而僧，往復循環，殆亦明史中一大異事耶？

第二十五回　越長江燕王入京　出鬼門建文遜國

第二十六回　拒草詔忠臣遭慘戮　善諷諫長子得承家

卻說燕王棣入京後，只魏國公徐輝祖，尚抵敵一陣，兵敗出走，此外文武百官，多迎謁馬前。燕王接見畢，馳視周、齊二王，相見時互相慰問，涕淚滿頤，隨即並轡歸營，召集官吏會議。兵部尚書茹瑺，先至燕王前叩頭勸進。可醜。燕王蹙額道：「少主何在？」茹瑺道：「大內被火，想少主已經晏駕了。」燕王蹙額道：「我無端被難，不得已以兵自救，誓除奸臣，期安宗社，意欲效法周公，垂名後世，不意少主不諒，輕自捐生，我已得罪天地祖宗，哪敢再登大位，請另選才德兼備的親王，纘承皇考大業呢。」得罪是真，辭位是假。茹瑺復頓首道：「大王應天順人，何謂得罪？」言未已，一班文武官僚，都俯伏在前，黑壓壓跪滿一地，齊聲道：「天下系太祖的天下，殿下系太祖的嫡嗣，以德以功，應正大位。」何功何德？燕王猶再三固辭，群臣固請不已。燕王道：

第二十六回　拒草詔忠臣遭慘戮　善諷諫長子得承家

「明日再議。」翌晨，群臣又叩營勸進。燕王乃命駕入城，編修楊榮迎謁道：「殿下今日先謁陵呢？先即位呢？」也是無聊之言。燕王聞言，即命移駕謁陵，一面令諸將守城，大索齊泰、黃子澄、方孝孺等，分別首從，懸賞通緝。至謁陵禮畢，復回京安撫軍民，並諭王大臣道：「諸王群臣，合詞勸進，我實不德，未能上承宗廟，怎奈固辭不獲，只得勉徇眾志。王大臣等各宜協力同心，匡予不逮！」王大臣等唯唯聽命。遂詣奉天殿即皇帝位，受王大臣賀。可謂如願以償。

先是建文中有道士遊行都市，信口作歌道：「莫逐燕，逐燕日高飛，高飛上帝畿。」都人不解所謂，已而道士杳然。至燕王即位，方驚稱道士為神，這也不必細表。單說燕王即位，下令清宮三日，諸宮人女官太監，多半殺死，唯前曾得罪建文，方得寬宥。燕王召宮人內侍，詢以建文所在。宮人等無從證實，把馬皇后殘骸，稱為帝屍。乃命就灰燼中撥出屍首，滿身焦爛，四肢殘缺，辨不出是男是女，只覺得慘不忍睹。燕王也不禁垂淚道：「痴兒痴兒？何為至此？」試問是誰致之？是時侍讀王景在側，由燕王問他葬禮。王景謂當以天子禮斂葬。燕王點首，便令將馬后殘屍，斂葬如儀。貓拖老鼠假慈悲。忽有一人滿身縞素，趨至闕下，伏地大哭，聲震天地。燕王聞著，即喝令左右速拿，當由鎮撫伍雲，拿住入獻。燕王凝視道：「你就是方孝孺麼？朕正要拿你，你卻

060

自來送死。」孝孺抗聲道：「名教掃地，不死何為？」燕王道：「你願就死，朕偏待你不死，何如？」言訖，命左右帶孝孺下獄。原來燕王大舉南犯，留僧道衍輔佐世子，居守北平。道衍送燕王出郊，跪啟道：「臣有密事相托。」燕王問是何事？道衍道：「南朝有文學博士方孝孺，素有學行，倘殿下武成入京，萬不可殺此人。若殺了他，天下讀書種子，從此斷絕了。」雖是器重孝孺，意中恰很欲保全，迫他臣事。燕王首肯，記在心裡，所以大索罪人，雖列孝孺為首犯，未免言之太過。且召他門徒廖鏞、廖銘等，入獄相勸。孝孺怒叱道：「小子事我數年，難道尚不知大義麼？」廖鏞等返報燕王，燕王也不以為意。

未幾欲草即位詔，廷臣俱舉薦孝孺，乃復令出獄。孝孺仍衰絰登陛，悲慟不已。燕王恰降座慰諭道：「先生毋自苦！朕欲法周公輔成王呢。」孝孺答道：「成王何在？」燕王道：「他自焚死了。」孝孺道：「何不立成王子？」燕王道：「國賴長君，不利沖人。」孝孺道：「何不立成王弟？」燕王語塞，無可置詞，勉強說道：「此朕家事，先生不必與聞。」遁辭知其所窮。孝孺方欲再言，燕王已顧令左右，遞與紙筆，且婉語道：「先生一代儒宗，今日即位頒詔，煩先生起草，幸勿再辭！」孝孺投筆於地，且哭且罵道：「要殺便殺，詔不可草。」燕王也不覺氣憤，便道：「你何能遽死？就使你不怕死，

第二十六回　拒草詔忠臣遭慘戮　善諷諫長子得承家

獨不顧九族麼？」孝孺厲聲道：「便滅我十族，我也不怕。」說至此，復拾筆大書四字，擲付燕王道：「這便是你的草詔。」燕王不瞧猶可，瞧著紙上，乃是「燕賊篡位」四字，恍目驚心，然孝孺也未免過甚。不由的大怒道：「你敢呼我為賊麼？」喝令左右用刀抉孝孺口，直至耳旁，再驅使繫獄。詔收孝孺九族，並及朋友門生，作為十族。每收一人，輒示孝孺。孝孺毫不一顧，遂一律殺死。旋將孝孺牽出聚寶門外，加以極刑。孝孺慷慨就戮，賦絕命詞道：「天降亂離兮，孰知其由？奸臣得計兮，謀國用猶。忠臣發憤兮，血淚交流。以此殉君兮，抑又何求？嗚呼哀哉！庶不我尤。」孝孺弟孝友，亦被逮就戮，與孝孺同死聚寶門外。臨刑時，孝孺對他淚下，孝友口占一詩道：「阿兄何必淚潸潸，取義成仁在此間。華表柱頭千載後，旅魂依舊到家山。」都人稱為難兄難弟。可惜愚忠。孝孺妻鄭氏，及二子中憲、中愈，皆自經。二女年未及笄，被逮過淮，俱投河溺死。宗族親友，及門下士連坐被誅，共八百七十三人，廖鏞、廖銘等俱坐死。滅人十族，不愧燕賊大名。

齊泰、黃子澄先後被執，由燕王親自鞫訊，兩人俱抗辯不屈，同時磔斃。還有兵部尚書鐵鉉，受逮至京，陛見時毅然背立，抗言不屈。燕王強令一顧，終不可得，乃命人將他耳鼻割下，蒸肉令熟，納入鉉口，並問肉味甘否？自古無此刑法。鉉大聲道：「忠

062

臣孝子的肉，有何不甘？」燕王益怒，喝令寸磔廷中。鈜至死猶罵不絕口，燕王復令人舁鑊至殿，熬油數斗，投入鈜屍，頃刻成炭。導使朝上，屍終反身向外。嗣命人用鐵棒十餘，夾住殘骸，令他北面，且笑道：「你今亦來朝我麼？」一語未完，鑊中熱油沸起，飛濺丈餘，燙傷左右手足。左右棄棒走開，屍身仍反立如前。不愧鐵鈜，燕王大驚，乃命安葬。大理寺少卿胡閏，戶部侍郎卓敬，右副都御史練子寧，禮部尚書陳迪，刑部尚書暴昭、侯泰，大理寺少卿廖昇，御史茅大芳等，皆列名罪案，陸續逮至，還要滅他三族。他如太常少卿廖昇，修撰王艮、王叔英，都給事中龔泰，都指揮葉福，衡府紀善周是修，江西副使程本立，大理寺丞鄒瑾，御史魏冕，皆在燕王攻城時，見危自殺。又有禮部尚書陳迪，戶部侍郎郭任，禮部侍郎黃觀，左拾遺戴德彝，給事中陳繼之、韓永，御史高翔、謝昇，宗人府經歷宋徵，刑部主事徐子權，浙江按察使王良，漳州教授陳思賢等，先後死難。既而給事中黃鉞，赴水死；御史曾鳳韶，自經死；王度謫戍死；谷府長史劉璟（劉基次子），下獄死；大理寺丞劉端，被搥死；中書舍人何申，嘔血死。小子也述不勝述，但就死事較烈的官僚，錄寫數十人。最奇怪的是東湖樵夫，姓氏入傳，每日負柴入市，口不二價，一聞建文自焚，竟伏地大慟，棄柴投湖，這統叫做王午殉難

第二十六回　拒草詔忠臣遭慘戮　善諷諫長子得承家

的忠臣義士（建文四年，歲次壬午，故稱壬午殉難）。唯左僉都御史景清，平時佯附尚大節，至燕王即位，聞他重名，令還舊任，他仍受命不辭，委蛇朝右。有人從旁竊笑，說他言不顧行，偷生怕死，他也毫不為意。遷延至兩月餘，欽天監忽奏稱異星告變，光芒甚赤，直犯帝座。燕王頗為留意。八月望日，燕王臨朝，驚見景清衣緋而入，未免動疑。朝畢，景清奮躍上前，勢將犯駕，燕王立命左右將他拿下，搜尋身旁，得一利刃，便叱問意欲何為？清慨然道：「欲為故主報仇，可惜不能成事。」燕王大怒，把他剝皮。清含血直噴御衣，謾罵至死，骨肉被磔，懸皮長安門。既而晝寢，夢清仗劍入宮，突然驚覺，憤憤道：「何物鬼魂，還敢作祟？」隨令夷滅九族，輾轉牽連，稱為瓜蔓抄，株累甚眾，村落為墟。淫刑以逞，何苦乃爾？自是建文舊臣，除歸附燕王外，死的死，逃的逃，只魏國公徐輝祖，與燕王為郎舅親，燕王不忍加誅，親自召問。輝祖垂淚，不發一言，似受教桃花夫人，不免太怯。遂命下法司審治，迫他引罪自供。輝祖不言如故，唯索筆為書，寫著父為開國功臣，子孫免死數字。難辭偷生之誚，燕王覽後，越加動怒，轉念他是元勳後裔，國舅至親，究應特別從寬，只削爵勒歸私第。追封徐增壽為武陽侯，進爵定國公，子孫世世襲爵。一來是憫他被殺，二來是令繼

064

中山。（徐達封中山王，曾見前文。）燕王又想到駙馬梅殷，尚駐兵淮上，未免可慮，遂迫令寧國公主，嚙指流血，作書招殷。殷得書慟哭，下殿迎勞道：「駙馬勞苦。」殷答道：「勞而無功，徒自汗顏。」燕王默然，心中很是不樂，只因一時不便加罪，且令歸私第，慢慢兒的設法，事見下文。直誅其隱。

且說燕王懷恨建文，始終未釋，乃下詔革去建文年號，凡建文中所改政令條格，一概廢去，仍復舊制。且追奪興宗孝康皇帝廟號，仍謚懿文太子，遷太后呂氏至懿文陵，廢興宗子允熥、允熞為庶人，禁錮鳳陽。只興宗少子允熙，令隨母居陵，改封甌寧王，奉太子祀。四年後邸中被火，允熙暴卒，或疑為燕王所使，未知是否。建文帝長子文奎，曾立為皇太子，至是年才七齡，燕王遍覓不得，大約是隨后馬氏，投入火中。少子文圭，只二歲，時尚未死，幽住中都廣安宮，號為建庶人。自命為周公者，乃作此舉動乎？改建文四年為洪武三十五年，以明年為永樂元年，大祀天地於南郊，頒即位詔，大赦天下。命侍讀解縉，編修黃淮，入直文淵閣，侍讀胡廣，修撰楊榮，編修楊士奇，檢討金幼孜，同入直預機務，稱為內閣（內閣之名自此始）。參預機務亦自此始。「九天閶闔開宮殿，萬國衣冠拜冕旒」，依然是昇平盛世了。語帶諷刺。後來燕王棣廟號成祖，

第二十六回　拒草詔忠臣遭慘戮　善諷諫長子得承家

史家都稱他成祖皇帝，小子也不得不依樣稱呼，寓貶之意益見。成祖復大封功臣，公爵二人，侯爵十四人，伯爵亦十四人，敘次如下：

邱福　淇國公，朱能　成國公，張武　成陽侯，陳珪　泰寧侯，鄭亨　武安侯，孟善保全侯，火真　同安侯，顧成　鎮遠侯，王忠　靖安侯，王聰武成侯，徐忠　永康侯，張信　隆平侯，李遠　安平侯，鄭亮　成安侯，房寬　思恩侯，王寧　永春侯，徐祥　興安伯，徐理　武康伯，李浚　襄城伯，張輔　信安伯，唐雲　新昌伯，譚忠新寧伯，孫巖　應成伯，房勝　富昌伯，趙彝　忻城伯，陳旭　雲陽伯，劉才　廣恩伯，王佐　順昌伯，茹瑺　忠誠伯，陳瑄　平江伯。

前此戰死將士，盡行追封。周、齊、代、岷四王，統復原爵，各令歸國。谷王橞以開門功，厚加賞賜，改封長沙。唯寧王權被誘入關，曾由成祖面許，事成後當平分天下。及成祖即位，擱置不提，但把他留住京師。想是貴人善忘。寧王權也不敢爭約，只因大寧殘破，勢無可歸，乃上書乞徙封蘇州。成祖不許，權復乞徙封錢塘，又不許。兩地逼近南京，所以成祖不許。寧王屢不得請，竟屏去從兵，只與老中官數人，偕往南

066

昌，臥病城樓，久不還京。成祖乃把南昌封他，就布政司署為王邸，瓴甋規制，一無所更。權亦自是韜晦，唯構精廬一區，讀書鼓琴，不問外事，才得保全性命。總算明哲保身。

成祖立妃徐氏為皇后，后系徐達長女，幼貞靜，好讀書，冊妃后，孝事高皇后。高皇后崩，后蔬食三年。至靖難兵起，世子高熾居守，一切部署，多由后悉心規劃。及立為皇后，上言：「南北戰爭，兵民疲敝，此後宜大加休息，所有賢才，皆高皇帝所遺，可用即用，不問新舊。」成祖深為嘉納。當追封徐增壽時，后又力言椒房至戚，不應加封，成祖不從，竟封定國公，命子景昌襲爵。后位既定，應立太子，高煦從戰有功，不免自負，意圖奪嫡，暗中運動淇國公邱福，駙馬王寧，密白成祖，請立高煦。成祖亦以高煦類己，有意立儲，獨兵部尚書金忠，力持不可。金忠由道衍所薦，隨軍占卜，迭有奇驗（應二十一回），至是已任職兵部，恰援古今廢嫡立庶諸禍端，侃侃直陳，毫不少諱。守經立說，不得目為江湖人物。成祖頗信任金忠，因此左右為難，不能驟決。是時北平已改稱北京，設順天府，仍命世子高熾居守。高煦隨侍南京，設謀愈亟。金忠知不利太子，嘗與解縉、黃淮等，說及此事，共任調護。會成祖以

067

第二十六回　拒草詔忠臣遭慘戮　善諷諫長子得承家

建儲事宜，問及解縉。解縉應聲道：「皇長子仁孝性成，天下歸心，請陛下勿疑！」成祖不答。解縉又頓首道：「皇長子且不必論，陛下寧不顧及好聖孫麼？」原來成祖已有長孫，名叫瞻基，係世子高熾妃張氏所生。分娩前夕，成祖曾夢見太祖，授以大圭，鐫有「傳之子孫永世其昌」八大字，成祖以為瑞徵。既而彌月，成祖抱兒注視，謂此兒英氣滿面，足符夢兆，以此甚為鍾愛。及成祖得國，瞻基年已十齡，嗜書好誦，智識傑出，成祖又譽不絕口。解縉察知已久，遂提及長孫瞻基，默望感動主心，可謂善諫。成祖果為所動，唯尚不能決定。隔了數日，成祖出一虎彪圖，命廷臣應制陳詩。彪為虎子，圖中一虎數彪，狀甚親暱，解縉見圖，援筆立就，呈上成祖。成祖瞧著，乃是一首五絕，其詩道：

虎為百獸尊，誰敢觸其怒？
唯有父子情，一步一回顧。

瞧畢，不禁暗暗感嘆。究竟世子得立與否，且看下回續表。

方孝孺一迂儒耳，觀其為建文立謀，無一可用，亦無一成功。至拒絕草詔，猶不失為忠臣，然一死已足謝故主，何必激動燕王之怒，以致夷及十族，試問此十族之中，有

068

何仇怨,而必令其同歸於盡乎?燕王任情屠戮,考諸歷史,即暴如桀紂,亦不至若是之甚。一代忠臣義士,凌夷殆盡,而懿親如徐輝祖、梅殷,亦不肯輕輕放鬆,甚至兄嫂之尊,亦視若仇讎,貶死侮生,不顧後議。唯於黨惡諸臣,則不問是非,悉加封賞,翹首天閽,胡為使此陰賊險狠之叛王,得享其成耶?本回詳敘死難諸臣,旌之也。歷敘封賞諸臣,愧之也。後文立儲一段,幾又啟骨肉相爭之禍,微金忠、解縉之力諫,則喋血蕭牆,燕王將及身見之矣。不令燕王得見此禍,吾猶恨天譴之未及也。昭昭者天,夢夢者亦天,讀此回令人感慨無窮。

第二十六回　拒草詔忠臣遭慘戮　善諷諫長子得承家

第二十七回　梅駙馬含冤水府　鄭中官出使外洋

卻說成祖得解縉詩，知他藉端諷諫，心中很是感嘆。尋復問及黃淮、尹昌隆等，大家主張立嫡，乃決立世子高熾為皇太子，高煦封漢王，高燧封趙王。煦應往雲南，燧應居北京，燧本與太子留守北平，奉命後沒甚異議，獨高煦怏怏不樂，嘗對人道：「我有何罪？乃徙我至萬里以外。」於是逗留不行。成祖恰也沒法，暫且聽他自由，後文再表。

單說成祖殺戮舊臣，不遺餘力，只盛庸留鎮淮安，反封他為歷城侯。想由前時屢縱燕王，因此重報。李景隆迎降有功，加封太子太師，所有軍國重事，概令主議。導臣不忠，莫妙於此。又召前北平按察使陳瑛，為副都御史，署都察院事。瑛滁州人，建文初授職北平，密受燕府賄賂，私與通謀，為僉事湯宗所劾，逮謫廣西，至是得成祖寵召，

第二十七回　梅駙馬含冤水府　鄭中官出使外洋

好為殘刻，遇獄事，往往鍛鍊周納，牽連無辜。獄囚纍纍，徹夜號冤，兩列御史掩泣，瑛獨談笑自若，且語同列道：「此等人若不處治，皇上何必靖難。」因此忠臣義士，為之一空。未幾，又誣劾盛庸心懷異謀，得旨將盛庸削爵，庸畏懼自殺。不死於前，而死於後，死且貽羞。耿炳文有子名濬，曾尚懿文太子長女，建文帝授為駙馬都尉，成祖入京，濬稱疾不出，坐罪論死。炳文自真定敗歸，鬱鬱家居，瑛又與他有隙，捕風捉影，只說炳文衣服器皿，有龍鳳飾，玉帶用紅韐，僭妄不道。炳文年將七十，自思汗馬功勞，正中成祖皇帝的猜忌，立飭錦衣衛至炳文家，籍沒家產，往地下尋太祖高皇帝，劾他謀逆，遂致奪職，徒成流水，況復精力衰邁，何堪再去對簿，索性服了毒藥，替他執鞭去了。語冷而雋。李景隆做了一年餘的太師，也由瑛等聯結周王，

禁錮私第，所有產業，悉數歸官。這卻應該。

自此陳瑛勢焰愈盛，迎合愈工，忽想到駙馬梅殷，與成祖不協（應前回），遂又上了一道表章，略稱畜養亡命，與女秀才劉氏朋邪詛咒等情。成祖即諭戶部尚書，考定公侯伯駙馬儀仗人數，別命錦衣衛執殷家人，充戍遼東。至永樂三年冬季，召殷入朝，都督譚深，指揮趙曦，奉成祖命，迎接殷駕，並彎至笪橋下，竟將殷擠入水中，殷竟溺死。譚、趙二人非密授成祖意旨，安敢出此？譚、趙二人，返報成祖，只說殷自投水，

成祖不問。其情愈見。偏都督同知許成，備知二人謀殺底細，原原本本，據實陳奏。成祖不便明言，只得將譚、趙二人逮繫，命法司訊實懲辦。那時寧國公主，聞著凶耗，竟趨入殿中，牽衣大哭，硬要成祖賠她駙馬。這一著頗是厲害。成祖好言勸慰，公主只是不受，一味兒亂哭亂撞。還是徐皇后出來調停，好容易勸她入宮，一面啟奏成祖，立誅譚、趙，並封她二子為官，算做償命的辦法。成祖不好不從，即封她長子順昌為中府都督同知，次子景福為旗手衛指揮使，並命把譚深、趙曦，兩人真十足晦氣。一面遣中官送歸公主，為殷治喪，賜諡榮定，特封許成為永新伯。殷死後終日慟哭。至譚、趙伏法時，他卻伏闕呼籲，請斷二人手足，並剖腸挖心，祭奠陰靈。成祖本心虛，又不好不從他所請。瓦剌灰叩頭謝恩，趨出朝門，立奔法場，把譚、趙二人的屍首，截斷四肢，又破胸膛，挖出鮮血淋淋的一副心腸，跑至梅殷墓前，陳著祭案，叩頭無數，且大哭了一場；隨解下衣帶，套頸自縊，一道忠魂，直往西方。不沒義僕。寧國公主，至宣德九年始歿，這且擱下不提。

且說皇太子高熾，奉命南來，將職務交與高燧，自偕僧道衍等趨入京師。成祖見了高熾，不過淡淡的問了數聲，及道衍進謁，恰賜他旁坐，推為第一功臣，立授資善大

第二十七回　梅駙馬舍冤水府　鄭中官出使外洋

夫，及太子少師，並命復原姓，呼為少師而不名。好一個大和尚。道衍舞蹈而出，揚揚自得，至長洲探問親舊，大家以道衍貴顯，多半歡迎，獨同產姊拒絕見面，道衍不禁驚異，硬求一見。姊使人出語道：「我的兄弟曾做和尚，不聞有什麼太子少師。」是一個奇婦人。道衍沒法，改易僧服，仍往見姊。姊仍拒絕，經家人力勸，方出庭語道衍道：「你既做了和尚，應該清淨絕俗，為什麼開了殺戒，闖出滔天大禍，害了無數好人？目今居然還俗，來訪親戚，人家羨你貴顯，我是窮人，不配做你的阿姊。你去罷！休來歪纏！」快人快語，我讀至此，應浮一大白。道衍不敢與辯，反被她說得汗流滿面，踉蹌趨出，悁悁然去訪故友王賓。賓亦閉門不納，但從門內高聲道：「和尚錯了！和尚錯了！」八字足抵一篇絕交書。道衍乃歸京，以僧寺為居宅，除入朝外，仍著緇衣。成祖勸他蓄髮，不受命。賜第及兩宮人，亦皆卻還。至永樂十七年乃死，追封榮國公。

先是太祖在日，嚴禁宦官預政，在宮門外豎著鐵牌，為子孫戒。建文嗣位，待遇內侍，亦從嚴核。至靖難兵起，宦官多私往燕營，報知朝廷虛實（應二十四回），所以成祖得決計南下，攻入京師。即位後封賞既頒，宦豎等尚嫌不足，弄得成祖無可設法。所謂小人難養。會鎮遠侯顧成，都督韓觀、劉真、何福等，出鎮貴州、廣西、遼東、寧夏諸邊，乃命有功的宦官，與他偕行，賜公侯服，位諸將上。既而雲南、大同、甘肅、宣

府、永平、寧波等處，亦各遣宦官出使，偵察外情。宦寺專橫，實自此始。尋復派宦官鄭和，遊歷外洋，名為宣示威德，實是蹤跡建文。原來建文帝出亡雲南，駐錫永嘉寺，埋名韜晦，人無從知，成祖疑他出亡海外，因命鄭和出使，副以王景和等，特造大船六十二艘，載兵士三萬七千餘人，多齎金幣，從蘇州劉家港出發，沿海而南，經過浙、閩、兩粵，直達占城。占城在交趾南，距南洋不遠，當時地理未明，還道是由東至西，可以算作西洋，並呼鄭和為三保太監，所以有三保太監下西洋之說。註釋明晰。

鄭和等既到占城，並不見有建文帝形跡，暗想建文無著，未免虛此一行，不如招致蠻方，令他入貢，方不負一番跋涉。當下與王景和等商議，決意遍歷諸邦，自占城南下，直至三佛齊島國。這島系廣東南海人王道明所闢，道明出洋謀生，得了此島，開創經營，遂成部落，自為酋長。後為鄰島爪哇所滅，改名舊港。海盜陳祖義，又將爪哇民逐去，據有此地，南面稱王。鄭和到了舊港，別遣王景和等，率舟二十餘艘，往諭爪哇婆羅洲，自領隨從百人，往見祖義，並傳大明天子命令，賜給金帛。祖義聞得厚賞，自然出迎，設酒款待，一住數日，鄭和便勸他每歲朝貢。看官！你想這陳祖義是積年大盜，只知利己，不知利人，起初聞有金帛頒來，喜出望外，因此出迎鄭和，嗣聞要他年年進貢，哪裡肯割捨方物，便即出言拒絕。鄭和拂袖而出，回至船上，點齊兵士，往攻

第二十七回　梅駙馬含冤水府　鄭中官出使外洋

祖義。祖義也出來抵敵，究竟烏合之眾，不敵上國之兵，戰不多時，敗北而逃。鄭和據住海口，與他相持。祖義窮蹙得很，遣人至鄰島乞援。不意爪哇婆羅洲各島，已受王景和詔諭，歸服明朝。去使懊喪歸來，祖義越加惶急，入夜潛逃，偏被鄭和探悉情形，四面布著伏兵，一俟祖義出來，把他團團圍住。祖義只乘一小舟，帶了三十餘人，哪裡還能抵敵？眼見得束手就縛，俘獻和前。問你再要金帛否？和便領兵上岸，直入島中，召集居民，宣示祖義罪狀，命他另舉一人，作為島主，按時入貢，永為大明屬地。島民頓首聽命，和遂押解祖義，退出島外。再向尼科巴、巴拉望、麻尼拉等處，宣揚詔命，示以罪犯，遠近震懾，紛紛歸附，多願隨和入貢。

和乃回京報命，一次出洋，算是得手。成祖大喜，又命他載著金帛，遍賜歸化諸邦。一帆出海，重至外洋，自三佛齊國以下，統優禮相待，奉若神明。鄭和給賞已畢，復發生奇想，縱舟西航。頗有冒險性質。煙波浩渺，海水蒼茫，憑著一路雄風，直達西方的錫蘭國。錫蘭也是一島，孤懸海表，島中氣候極熱，不分冬夏，草木蕃盛，禽獸孳生。居民多系巫來由種，酋長叫做亞列苦柰兒，鄭和到此，亞列苦柰兒恰也出迎，又是一個陳祖義。引和遍觀猛獸，曲示殷勤。原來亞列苦柰兒，喜蓄虎豹獅象，遇著閒暇，輒弄獅為樂，居民得罪，便投畀虎豹，任他爭食。鄭和不知底細，經亞列苦柰兒與他說

076

明，才覺驚異起來。越日，亞列苦柰兒復請和觀獅鬥，和恐他懷著異心，託疾不往，遣人探視，果得亞列苦柰兒狡情，意欲嚇獅噬和，和遂潛身遁去。看官閱此，或疑和在異域，語言不通，如何能察悉異謀？這是情理上應該表明。原來隋唐以後，已有中國商船，往來南洋，能通蠻語。此次鄭和出使，即僱商人為嚮導，彼此語言，由他翻譯，所以外域情形，不難偵悉。亞列苦柰兒自知謀洩，即發兵民數千，追捕鄭和。和已早至舟中，運兵登陸，準備廝殺。亞列苦柰兒不識好歹，與他搏鬥，有敗無勝。和軍備有巨炮，轟將過去，這種虎豹獅象，作為前驅，來衝和軍。亞列苦柰兒大敗逃歸，和軍乘勝進擊，如入無人之境，不一日搗破巢穴，生擒亞列苦柰兒，幾似《三國演義》中之木鹿大王，但彼系虛造，此實真事。並將他所有妻子，一古腦兒捉來，二次又得手了。檻送到京。成祖越加喜慰，至鄭和謁見時，慰勞備至，厚給賞賜。

鄭和休息數月，又自請出洋，成祖自然准奏，駕輕就熟，往至南洋一大島中。這島叫做蘇門答刺，也有國王世子。世子名叫蘇干刺，得罪國王，將他下獄。世子的爪牙心腹，沒命的跑至海口，適值鄭和到來，與他相遇，他便一一詳告，和遂乘機出兵，助他一臂。那時內應外合，島中大亂，國王不能支持，立即遠颺。蘇干刺出獄為王，和令他

第二十七回　梅駙馬含冤水府　鄭中官出使外洋

稱臣入貢，蘇干剌恰又不允。和怒道：「忘恩負義，如何立國？」遂麾兵進薄王宮，宮牆高峻得很，彷彿似一座大城，蘇干剌募兵固守，急切不能攻下。和四面布兵，把王宮圍得水洩不通，宮中無糧可食，無水可汲，只有數十頭牲畜，宰殺當糧，也不足一飽。蘇干剌無法可施，不得已奪門逃走，和軍掩殺過去，頓將他一鼓擒住。當下撫定島民，別立新主，與他訂了朝貢的約章，然後斂兵退出，轉至鄰近各島，無不望風投誠，願遵約束。和復西南航行，繞出好望角東北，直至呂宋。呂宋國王，亦奉幣稱臣，然後還京。鄭和三次出洋，屢擒番酋，論其功績，不亞西洋哥倫布。

後來復屢往南洋，直至七次，有一次驟遇颶風，天地為昏，波濤洶湧，和所率六十餘船，多半漂去，等到日暮風息，只剩了十多艘，所失不可勝計。唯成祖好大喜功，因鄭和出洋以後，雖不獲建文蹤跡，卻能使南洋各國，盡行歸化，也要算他是一位佐命功臣，一切耗失，悉數不問。南洋商民，欣羨中國貨物，多來互市，中國東南海中，嘗有番舶出沒，自是航路日闢，交通日盛，漸漸的成為華洋通商時代了。

這時候的安南國，適有內亂，又惹起一場南征的兵事來，說來話長，小子且略敘本末，方好說到戰事。安南古名交趾，元時曾服屬中國。洪武初，國王陳日煃，遣使朝貢，得太祖冊封，仍使為安南國王。日煃卒，兄子日熞嗣位，熞兄叔明，弒熞自立，復

078

遣使入貢明廷。廷臣以王名不符,請旨斥責,叔明乃上書謝罪,願讓位於弟日焜。日焜忽殂,弟日煒嗣。煒煒相繼為王,暗中大權,實仍由叔明把持。叔明與占城構兵數年,戰爭不息,其女夫黎季犛,頗有智勇,擊退占城兵,與叔明並執國政。叔明病死,季犛獨相,竟弒了國王日煒,別立叔明子日焜。未幾,又將日焜弒死,並將他二子顒,陸續殺斃,遂大戮陳氏宗族,立子蒼為皇帝,自為太上皇,詐稱系舜裔胡公滿後人,國號大虞,紀元天聖。想只知一胡公滿,故不憚改黎為胡。適值成祖即位,竟上表稱賀,季犛改名胡一元,蒼改名為奆,且詭言陳氏絕後,是陳甥,為眾所推,權署國事。成祖亦防他是詐,傳諭安南舊臣裴伯耆,詢明陳氏有無後嗣?胡奆遣使還奏,仍照前言,請兵復仇,成祖乃循例加封。不意安南國陪臣耆老,詣闕告難,接連是故王日焻弟天平來奔,請兵復仇,成祖乃遣使赴安南,責問胡奆篡弒罪狀。胡奆與乃父商議,想出一條調虎離山的計策,願請陳天平歸國。成祖信為真言,命都督僉事黃中、呂毅,護天平南歸。既到芹站,山路奇險,林菁叢深,軍行不得成列,突遇伏兵四起,率兵五千,鼓譟而前,天平不及防備,被他殺死,薛嵓亦遇害,黃中、呂毅,奪路竄還,才得保全首領。當下拜表至京,惱動了成祖皇帝,遂發大兵八十萬,命成國公朱能等,禡牙南征,

正是:

第二十七回　梅駙馬含冤水府　鄭中官出使外洋

不殊漢武開邊日，猶是元廷黷武時。

欲知南征情狀，且至下回再詳。

本回前段是承接上文，大意已見前評，唯梅殷溺死，顯系譚深、趙曦默承上意而為之，成祖之刻，於此益見。誅譚、趙，官梅殷二子，只足以欺婦人，不足以欺後世。且薄待懿親，重用閹寺，釀成一代厲階，更為失德之尤。嗚呼成祖！倒行逆施，不及身而致亂，其殆徼有天幸乎？後半敘鄭和出使事，雖宣威異域，普及南洋，為中國歷史所未有，然以天朝大使，屬諸閹人，褻瀆國體，毋亦太甚。且廣齎金帛，作為招徠之具，以視西洋各國之殖民政策，何其大相逕庭耶？人稱鄭和為有功，吾獨未信。

第二十八回　下南交殺敵擒渠　出北塞銘功勒石

卻說成國公朱能，受命為征夷大將軍，統師南行，西平侯沐晟，新城侯張輔為副，以下共有二十五將軍，及兵士八十萬，分道並進，一軍出廣西，一軍出雲南。朱能到了龍州，得病身亡，有旨以張輔升任。輔自廣西出兵，進破隘留、雞陵二關，南抵芹站，搜捕伏兵，造橋濟師。沐晟亦由蒙自進軍，拔木通道，斬關奪隘，立營白鶴江，遣使至張輔軍，約期相會。胡釜聞明軍入境，派兵四駐，依宣江、洮江、沱江、富良江四川，樹柵築寨，綿長九百里。且沿江置椿，盡取國中舟艦，排列椿內，所有江口，概置橫木，嚴防攻擊。張輔入次富良江，命驍將朱榮，往嘉林江口，擊破敵兵，再進至多邦隘。沐晟亦沿洮江北岸，與多邦隘對壘，兩軍南北列峙，互為聲援。
多邦隘已設土城。很是高峻，城下設有重濠，濠內密置竹刺，濠外多掘坎地，守具

081

第二十八回　下南交殺敵擒渠　出北塞銘功勒石

嚴備，人馬如蟻。張輔下令軍中道：「安南所恃，莫若此城，此城一拔，便如破竹。大丈夫報國立功，就在今日，若能先登此城，不憚重賞。」從張輔口中述多邦隘之險要。將士踴躍聽命。輔復以夜為期，是夜四鼓，遣都督僉事黃中，率銳騎數千，舁著攻具，啣枚疾走，越重濠，架雲梯，緣城而上，指揮蔡福等先登，諸軍後繼，霎時間萬炬齊明，銅角競響，敵兵倉皇失措，矢石不得發，皆退走城下。蔡福入城破扉，放入大軍，與敵兵巷戰起來。敵驅大象出陣，盡力衝突，幾不可當，誰知張輔軍中，忽擁出無數猛獅，兩旁護著神銃，隨獅進去，接連擊射。大象見了猛獅，立即返奔，自相蹴踏，又被一陣銃擊，害得人像並僕，血肉模糊，敵酋梁民獸、祭伯樂等，同時被殺，餘眾半死半逃，由輔軍窮追數十里，斬馘了好幾萬名。

看官聽著！這象陣是南方慣習，倒也沒甚希奇，唯張輔陣中，如何得了許多猛獅，幾令人莫名其妙。實在大象是真的，猛獅是假的。張輔身在軍中，早探悉城柵中間，列有像陣，暗地裡裂布繪獅，蒙在馬上，一俟象陣衝來，便將假獅突出。輔軍因獲大勝，長驅薄東西兩都。不知真假，驀見獅至，盡皆卻走。就是蒙馬虎皮的法兒。東都即古龍編城，西都即古九真城。張輔、沐晟至東都，一鼓即下，遣參將李彬向西都。西都守將，亦聞風遁去。三江州縣，次第歸降。輔、晟兩軍，復節節進剿，連敗

082

敵兵。到了膠水縣悶海口，地勢潦暑，不便駐兵，敵眾卻負嵎自固，輔與晟商定祕計，佯為退師，至咸子關，令都督柳升駐守，大軍竟退至富良江。果然敵艦紛來，佐以步卒，水陸兵不下數萬，輔麾兵回擊，大敗敵眾，斬首無算，江水為赤。又南追入悶海口，季犁父子，僅率數小舟，向海門涇遁去，適遇水涸，棄舟登岸，輔等率舟師追至，被膠不得前，忽天大雷雨，水漲數尺，各舟畢渡。咸稱天助，乃飛檄柳升夾攻，水陸並進。直至奇羅海口，由柳升部下王柴胡，擒住季犁及其子澄。次日，土人武如卿，亦縛獻黎蒼，及蒼子芮，並蒼臣黎季珙等，於是安南悉平。

輔奏稱安南本中國地，陳氏子孫，已被黎氏戮盡，無一子遺，不若改為郡縣，如中國製，或得一勞永逸云云。成祖准奏，乃置交趾布政使司，都指揮使司，按察司，分十七府，設四十七州，一百五十七縣，衛十二，所一，市舶司一，改雞陵關為鎮彝關，先由都督柳升，檻送以尚書黃福兼布按二司，都督呂毅為都司，黃中為副。布置已定，黎季犁父子至闕前。成祖御奉天門受俘，置季犁及子蒼於獄，赦澄及芮。既而出季犁戍廣西，釋蒼居京師，封張輔為英國公，沐晟為黔國公，所有將士，封賞有差。凱奏時，飲至受賞，成祖且親制平安南歌，作為寵錫，這是永樂六年春間事。不遺年月。

083

第二十八回　下南交殺敵擒渠　出北塞銘功勒石

孰料由春至秋，僅歷半年，安南復亂，免不得又要勞師。夷性難馴。先是明軍至安南，陳氏故官簡定出降，隨征黎氏，頗得戰功。嗣因安南平定，不復立陳氏後，心中不服，乘間脫逃至化州，聯合群盜鄧悉等，自稱日南王，國號大越。乘大軍北還，出攻咸子關，扼三江府往來要道。簡定對於陳氏，不可謂不忠，但反抗明朝，未免不度德，不量力。諸州縣相率響應，黎氏餘黨，亦多往附。成祖立命黔國公沐晟，發兵數萬，由雲南出征。交趾布政司黃福，飛奏至京，亟請增兵。成祖立命黔國公沐晟，發兵數萬，由雲南出征。交且令兵部尚書劉儁，往贊軍事。沐晟率軍南下，至生厥江，與簡定相遇，彼此交鋒，簡定佯敗卻走。劉儁等驅軍追趕，不防陳季擴、鄧景異等，兩路殺出，衝動陣勢，竟致大亂。劉儁馬蹶被執，都督呂毅，及布政使參政劉昱等皆戰死。這是狃勝而驕之故。沐晟倉猝收軍，計已傷亡萬人，沒奈何奏報敗狀。成祖也出了一驚，只好再請出英國公張輔，令他前往。又命清遠侯王友為副帥，率師二十萬啟行。這邊尚在中途，那邊情形又變，簡定為陳季擴所逼，將王位讓與季擴，自稱上皇。季擴系蠻人，詭託陳氏後裔，號召全國。蠻人有何知識，信以為真，大眾趨附，勢愈猖獗。鄧景異恰進攻盤灘，守將徐政陣亡。沐晟沿邊固守，專待輔軍到來。至永樂七年秋季，輔軍方至，進薄咸子關。安南兵聯舟蔽江，不下千艘，輔飭各軍乘風縱火，猛燒敵艦。敵眾驚潰，溺死無算。生擒

084

敵目二百餘人,獲船四百餘艘。鄧景異等登岸狂奔,輔麾軍追殺,景異返身接仗,各用短兵相擊,又敵不過輔軍,敗投季擴。季擴自稱陳氏後人,上書乞封,輔拒絕不受,進軍清化,季擴遠遁。簡定遲了一步,不及遠行,但匿跡美良山中,輔軍入山搜尋,見簡定縮做一團,當即牽出,送入大營。輔遂將簡定檻送京師,至即伏法。再進軍追陳季擴等,至凍潮州,生擒季擴黨羽范友、陳原卿等二千人,悉數坑死,築屍為京觀。

會有朝使馳至,召輔還京,留沐晟鎮守。輔引軍自歸,晟復追陳季擴至靈長海口,擊敗敵眾。季擴窮蹙,奉表乞降。成祖以師勞日久,姑從所請,諭令季擴為交趾右布政使。季擴陽為受命,陰仍四掠,乃復令張輔往討。輔至安南,嚴申軍令,都督僉事黃中,違命不順,立斬以徇,眾皆股慄,相率用命。於是與沐晟合軍,決計平寇,越月常來攻,輔親為前驅,連發二矢,一矢將象奴射落,再矢將象鼻射破,象驚躍四散,敵眾大愕。前用象陣,為輔所敗,至此復用象陣,輔親為前驅,過西心江,至愛子江,所有沿途敵眾,盡行掃蕩。敵將阮師檜,以象陣成數截,亂斫亂剁,殺得屍橫遍野,血流成渠。阮師檜竄入深山,由輔率將校徒步入捕,竟得尋獲。鄧景異也在山中,一併拿住,立刻磔死。陳季擴出走寮國,都指揮師祐躡跡窮追,攻破寮國三關,蠻人潰散。只剩陳季擴及妻妾數人,生縶以歸。輔命囚解至

第二十八回　下南交殺敵擒渠　出北塞銘功勒石

京，雙雙斬首。與妻妾同時伏法，可謂不願同日生，只願同日死。自輔三下安南，三擒偽王，威震蠻服，無不畏懷。成祖暫命留守交趾，南陲得以無事。

小子且把南方擱下，再敘及北方時事。從前元嗣主脫古思帖木兒為明將藍玉所破，敗走喀喇和林（應十九回），至土拉河畔，為長子也速迭兒所弒，部眾不服，相率離散。是時蒙古疏族帖木兒，方平定中央細亞，統轄西域諸汗國，略印度，破埃及，聲勢大震。元初分封諸王，西北一帶，有察合台、窩闊台、伊兒、欽察四汗國。窩闊台國先亡，餘汗亦次第衰微。帖木兒起自察合台國，並有各地，參閱作者《元史演義》便見詳情。聞元嗣為明軍所逼，竄走一隅，不禁憤怒起來，遂招集殘元部眾，大舉東征，竟欲恢復中原，統一世界。軍報直達南京，成祖忙飭西寧衛守將宋晟，統率陝甘各軍，加意守禦。幸帖木兒在道病歿，西徼少安。帖木兒子孫爭位，無暇及明，蒙族終致不振。也速迭兒篡位後，國中弒戮相尋，數傳至坤帖木兒，又為臣下鬼力赤（一作郭勒齊）所弒，自去蒙古國號，別稱韃靼可汗。元室改號韃靼，以此為始。部民以鬼力赤並非元裔，多不從命。元太祖弟溯只後裔阿嚕台乘間殺鬼力赤，迎立坤帖木兒弟本雅失里為汗，自為太師，號召四方，漸臻強盛。韃靼西邊有瓦刺部，為元臣猛可帖木兒後裔，與韃靼不睦，酋長叫做瑪哈木，成祖起兵北平，曾防瑪哈木內襲，與他通和。及入

京為帝，封瑪哈木為順寧王。瑪哈木恃有內援，遂常與韃靼為難。借他人以敵同族，瑪哈木也是失算。阿嚕台往擊瓦剌，反為所敗。成祖聞他互相仇殺，亦欲乘此機會，往撫韃靼汗本雅失里。永樂六年，特遣降臣劉鐵木兒不花，持著璽書，並織錦文綺等物，往撫韃靼汗本雅失里，本雅失里不受命。越年，又遣給事中郭驥往諭，竟為所殺。成祖不便罷手，遂授淇國公邱福為征虜大將軍，借王聰、火真、王忠、李遠等，統兵十萬，北征韃靼。一面先諭瓦剌部，出兵夾攻。瓦剌部酋瑪哈木，不待邱福兵至，已襲破韃靼都城。本雅失里與阿嚕台，徙居臚朐河旁。

邱福一至，探悉韃靼已敗，總道是勢窮力蹙，立可掃滅，遂率輕騎千人先行，途次遇韃靼遊兵，迎頭擊破，追殺過河，擒住敵目一人，問明本雅失里下落。敵目答已倉皇北走，去此不過三十里。福大喜道：「擒賊先擒王，此行定可得手了。」參將李遠諫道：「敵眾恐有詐謀，須偵查確實，方可進兵。且後軍尚未到齊，姑俟大兵會集，再進未遲。」福怒道：「你敢撓我軍心麼？敵酋在前，不擒何待？」一聞諫言，便即動怒，活畫邱福鹵莽。李遠又道：「將軍辭行時，皇上亦再三告誡，兵宜慎重，毋為敵餌，難道將軍忘了不成？」借李遠口中，補出成祖囑語。邱福愈怒道：「將在外，君命有所不受，你妄託天子威靈，敢來嘵舌。軍法具在，莫怪無情。」李遠不敢再言。王忠復力陳

087

第二十八回　下南交殺敵擒渠　出北塞銘功勒石

不可，福仍不從，麾眾直入。蒙兵遇著，未戰即走，誘至深林叢箐中，吹起胡哨，伏兵四起，把邱福等困住垓心，纏繞數匝。邱福、火真、王忠等，衝突不出，先後戰歿。李遠、王聰率五百騎突圍出走，被敵兵追至，酣戰了好幾時，亦力盡身亡。後軍聞警趕至，又被蒙兵大殺一陣，傷斃了一大半，餘眾遁還。

成祖聞報，因邱福不聽良言，追奪封爵，下令來春親征。轉眼間已是永樂八年，遂率師北巡，命戶部尚書夏元吉，輔皇長孫瞻基，留守北京，接運軍餉。自領王友、柳升、何福、鄭亨、陳懋、劉才、劉榮等，督師五十萬出塞，至清水原，水多鹹苦不可飲，人馬皆渴，成祖方以為憂。忽西北二里許，有泉湧出，味甚甘冽，軍中賴以不困。成祖賜名神應泉。再進至臚朐河，次蒼山峽，前鋒巡弋隊獲敵數人，箭一枝，馬四四，料知去敵不遠，遂由成祖下令，渡河前進。本雅失里不敢接戰，北走斡難河（即元太祖肇興地）。成祖飭眾奮追，至斡難河畔，追及本雅失里，驅殺過去，大敗敵眾。本雅失里棄輜重牲畜，只率七騎遁去。先是本雅失里聞帝親征，擬與阿嚕台率眾西遁，阿嚕台不從，於是君臣離析，本雅失里走而西，阿嚕台走而東。成祖以本雅失里遠遁，不欲窮追，即命移師征阿嚕台，時已盛暑，兵行沙漠，揮汗如雨，日間不便跋涉，只好乘夜東行。既渡飛雲壑，偵悉阿嚕台住處，便遣使持敕諭降。阿嚕台詭言遵諭，即派數騎

088

隨使報命，自率精銳潛躡於後。成祖得去使還報，即登高東望，遙見數里以外，塵土飛揚，差不多有千軍萬馬，急奔而來，不禁瞿然道：「阿嚕台既云來降，為何帶此重兵？莫非前來襲我麼？」處處留心，確是智囊。亟命諸將嚴陣以待。阿嚕台到了陣前。果然縱兵入犯，眾已大亂，阿嚕台料知不支，易馬返奔，被明軍追殺過去，好似風掃落葉，起阿嚕台，成祖麾令奮擊，銃、矢齊發，射中阿嚕台馬首，阿嚕台翻落馬下，至部兵扶頃刻而盡。成祖以天氣過熱，收軍還營，休養一日，即命班師。阿嚕台聞大軍退去，又派殘騎尾行，成祖正防他來襲，沿途設伏，倐令數人滿載輜重，在後尾隨。蒙騎貪掠貨物，競來爭奪，猝遇伏發，四面圍攻，殺得一騎不留，乃安安穩穩的奏凱而回。還次清狐山，勒石銘功，有「於鑠六師，禁暴止譚，山高水清，永彰我武」十六字。再還次清流泉，有「瀚海為鐏，天山為鍔，一掃風塵，永清朔漠」十六字。至七月中旬，始至北京，御奉天殿，大受朝賀，論功行賞有差。

諸將方共慶功成，不意都御史陳瑛，竟劾奏寧遠侯何福，私懷怨望。成祖以福為建文舊臣，未免動疑，福竟懼罪自縊。那時成祖聞知，未免怏怏不樂。過了秋季，啟蹕南歸，行至山東臨城縣，侍妃權氏，忽得暴疾，竟爾逝世，累得成祖哀悼異常，小子有詩詠道：

第二十八回　下南交殺敵擒渠　出北塞銘功勒石

赤日炎炎颭六飛，王師力敵始南歸。
臨城一慟紅顏逝，不重功臣重愛妃。

欲知權妃來歷，且至下回表明。

明代之好大喜功，莫如成祖，觀其討安南，征漠北，莫非窮兵黷武之舉。彼蓋因得國未正，懼貽來世口實，不得不耀武揚威，期蓋前愆於萬一，然已師不勝勞，財不勝費矣。成國公張輔，頗有遠圖，不特三擒番酋，疊著奇功，即如建設郡縣，主張殖民，實不愧為拓邊勝算。假令長畀鎮守，教養兼施，吾知南人當不復反矣，何至後日之屢服屢叛乎？成祖志在張威，不在務本，故於張輔之三下安南，暫命留守，未幾即行召還，而漠北一役，未曾平定蒙族，即銘功勒石，自誇功績，謂非好大喜功不得也。成祖之成，殆不能無愧云。

第二十九回　徙樂安皇子得罪　鬧蒲台妖婦揭竿

卻說成祖南返臨城，遇愛妃權氏病逝，不覺哀慟異常。小子欲述權氏來歷，還須先將徐后事，補敘出來。徐皇后秉性賢淑，善佐成祖，成祖亦頗加敬愛，所有規諫，多半施行。后常召見各命婦，賜冠服鈔幣，並婉諭道：「婦人事夫，不止饋食衣服，須要隨時規諫。朋友的言語，有從有違，夫婦的言語，婉順易入。我且夕侍上，嘗以生民為念，汝等亦宜勉力奉行」云云。嗣后復搜采女憲女誡，作內訓二十篇，又類編古人嘉言懿行，作勸善書，頒行天下。永樂五年七月，忽然患病不起，竟致去世。成祖很是悲悼，特命於靈谷、天禧二寺間，薦設大齋，聽群臣致祭。追諡仁孝皇后，歷六年方安葬長陵。后有妹名妙錦，端靜有識，成祖聞她賢名，欲聘為繼后，偏偏妙錦不從。內使女官，絡繹至第，宣示上意，妙錦固拒絕納。女官直入閨中，堅請妙錦出見。妙錦不得

第二十九回　徙樂安皇子得罪　鬧蒲台妖婦揭竿

已，乃徐徐起立道：「我無婦容，不足備六宮選，乞代奏皇上，另擇賢媛。」女官敦勸再三，妙錦只是不答。及女官覆命，妙錦竟削髮為尼。姊為賢后，妹作貞女，可與中山王並傳不朽。成祖懊喪得很，不復立后，只命王貴妃攝六宮事。曲罷乃父。

會朝鮮國貢美女數人，內有權氏，最為嬌豔，肌膚瑩潔，態度娉婷，端的是閉月羞花，沉魚落雁；又有一種特別技藝，善吹玉簫，著名海曲。成祖當面試吹，抑揚抗墜，不疾不徐，到後來興會入神，竟把那宛轉嬌喉，度入簫中，鶯簧無此諧聲，燕語無此葉律，確是美女吹簫，不得移作他用。惹得成祖沉迷聲色，擊節稱賞。曲罷入宮，即夕召幸，華夷一榻，雨露宏施，授妃父永均為光祿卿，備極寵眷。到了成祖北征的時候，列為嬪御，逾月復冊為賢妃，成祖也非她不歡，遂令她戎裝偕往。至奏凱班師，權妃竟冒了暑氣，權妃請隨駕同行，懨懨成疾，紅顏命薄，苶苴無靈，可憐一載鴛儔，竟化作曇花幻影。成祖特別哀慟，實是支持不住，風淒月落，玉殞香消，撫到山東，至臨城縣行幄，縣，親自祭奠，予諡恭獻。返京後，尚追念不置，復於朝鮮所貢美女中，選幸四人，各封女職。最美的為任順妃，次為李昭儀，又次為呂倢伃，又次為崔美人。四女雖各具姿容，究竟色藝不及權妃，成祖無可奈何，只得將就了事。

092

其時有位王孀姝，家住海南，才藝無雙，永樂二年，召入宮掖，充為司彩。司彩系明宮女官，宮中聚藏緞匹，歸她掌管。成祖有意召幸，嘗命與權妃同輦，許令歸家。王氏跪啟道：「妾系嫠婦，不敢充下陳，請陛下收回成命！」成祖嘉她節烈，特賜金幣，許令歸家。她在宮時常作記事詩，流傳禁掖。小子曾記得一絕云：「璚花移入大明宮，一樹芳香倚晚風。贏得君王留步輦，玉簫吹徹月明中。」此外佳句尚多，小子也記不勝記了（徐女王嫠，俱不見正史，得此闡揚，可作彤史數則）。這且休表。且說成祖次子高煦，本就封雲南，煦不肯行（應二十七回），及成祖北征，煦亦隨往，凱旋時，因嗣子尚留北京，請乘便挈還，暗寓深意。成祖聽他所為，自開幕府，未幾復乘間請增兩護衛，密語左右道：「如我英武，難道不配做秦王李世民麼？」居然欲殺建成、元吉。又嘗自作詩云：「申生徒守死，王祥枉受凍。」這兩句詩，明明是挾恨乃父，流露奪嫡的意思。某日，成祖命太子高熾，偕煦謁孝陵，太孫瞻基亦隨往。太子體肥重，且遇足疾，由兩太監扶掖而行，尚屢失足，煦在後大言道：「前人蹉跌，後人知警。」語未畢，忽後面有人應聲道：「還有後人知警哩。」煦聞言回顧，見是太孫瞻基發言，不禁失色。自己心虛。煦長七尺餘，輕矯善騎射，兩腋有龍鱗數片，以此自負。成祖雖已立儲，心常不忘煦功，每與諸大臣微語東宮事，大臣總說是太子賢明，將來必是

第二十九回　徙樂安皇子得罪　鬧蒲台妖婦揭竿

守成令主，因此成祖不便再言。貴妃王氏，又密受徐后遺命，始終保護太子。太子妃張氏，且親執庖爨，為此種種原因，所以儲位尚得保全。煦遂乘間進言，譖及侍讀解縉，內外壅蔽，且漏洩禁中密語，應按罪懲罰等語。成祖餘怒未息，便將縉謫徙廣西，降為參議。會成祖北征，留太子居守南京，縉入謁太子，即還原任。無故歸謁東宮，縉亦不能辭咎。這事被煦聞知，說他私覲東宮，必有隱謀。幾危太子。頓時激怒成祖，立逮縉入京下獄，拷掠備至。還是縉自認罪狀，一語不及太子，方得免興大獄，但將縉囚禁天牢。後來錦衣衛掌管紀綱，受煦密囑，令獄卒用酒飲縉，醉移雪中，活活凍斃。大理寺丞湯宗，宗人府經歷高得暘，中允李貫，編修朱紘，檢討蕭引高等，俱坐縉罪被系，瘐死獄中。原來太子得立，由解縉力諫所致，事為高煦探悉，啣恨切骨，定欲置諸死地。縉被誣死，還有編修黃淮，亦曾預議立儲，時已升任右春坊大學士，頗得帝眷，一時動彈不得，煦尤日夜計慮，謀去黃淮，本擬聯結都御史陳瑛，伺隙彈劾，不料成祖自北還南，查得瑛平生險詐，誣陷多人，竟將他下獄論死，這是好讒的果報。天下稱快。只煦失一臂助，怏怏不已。至永樂十一年間，成祖北巡，命太子監國，留輔諸臣，除尚書蹇義，諭德楊士奇，洗馬楊溥外，便是學士黃淮。越年，成祖還

京,太子遣使往迎,稍遲一步,煦即構造蜚語,中傷太子。成祖亦起疑心,竟將黃淮、楊溥等逮問,意欲加誅。且密令兵部尚書金忠,按驗太子罪狀。虧得金忠極力挽救,願以全家百口,為太子保證,太子乃得免禍。金忠名副其實。唯黃淮、楊溥,仍系獄中,終成祖世不得釋。

高煦越加驕縱,私選各衛健士為爪牙,潛圖變逆。成祖稍察覺,乃把煦改封青州,飭令就國。煦仍奏請留傳左右,不願就道。復經成祖申諭,煦尚遷延自如,且擅募軍士三千餘人,不使隸籍兵部,但終日逐鷹縱犬,騷擾京都。兵馬指揮徐野驢,捕得一二人,按罪懲治,煦竟到署親索,與野驢談了一二語,不稱己意,竟從袖中取出鐵爪,撾殺野驢。驕橫已極。廷臣尚不敢詳奏,嗣煦復僭用乘輿車服,為帝所聞,乃密詢尚書蹇義,義懼煦威焰,推辭未知。及復問楊士奇,士奇頓首道:「漢王初封雲南,不肯行,復改青州,又仍不行,心跡可知,無待臣言。唯願陛下早善處置,使有定所,保全父子恩親,得以永世樂利。」還是他較為忠直。成祖默然不答。於是勃然大怒,越數日,立召煦至,面詰各事。煦無可抵賴,一味支吾。當由成祖勒褫冠服,因縶西華門內,勢且廢為庶人,還是太子從旁勸解。太子義全骨肉,所以後稱仁宗。成祖屬聲道:「我為你計,又訪得高煦私造兵器,蓄養亡命,及漆皮為船,演習水戰等事。煦無可抵賴,一味支吾。

第二十九回　徙樂安皇子得罪　鬧蒲台妖婦揭竿

不得不割去私愛，你欲養虎自貽害麼？」太子泣請不已，乃削高煦兩護衛，誅左右數人，徙封山東樂安州，勒令即日前行。煦計無所出，只好拜別出京，一鞭就道了。下文再表。

且說成祖既平定南北，加意內治，命工部尚書宋禮浚會通河，興安伯徐亨、工部侍郎蔣廷瓚、金純，浚祥符縣黃河故道。漕運既通，河流亦順，又命平江伯陳瑄，督築海門捍潮堤八十餘丈。且於嘉定海岸，培築土山，以便海舟停泊。山周四百丈，高五十餘丈，立堠表識，遠見千里。成祖賜名寶山，後來立邑於此，名寶山縣，便是明永樂時的遺跡，略作紀念。唯沿海一帶，屢有倭寇出沒，頻年未息。倭寇即日本國民，來華寇掠，所以叫做倭寇。日本在朝鮮國東境，距朝鮮只一海峽，元世祖時，威振四夷，獨日本不服，世祖發兵十餘萬東征，途遇暴風，全軍覆沒。日本終抗命不庭。嗣日本南北分裂，時相攻伐，及南敗北勝，南方殘眾，流寓海口，侵及朝鮮。朝鮮方擁李成桂為國王，成桂頗有智勇，力足防邊，及遣使通好中國，得明太祖冊封，為明外藩（朝鮮歷史，亦從此處插入，是用筆銷納處）。倭寇遂遷怒明朝，剽掠中國海岸。成祖時，日本足利義滿氏，統一南北，航海入貢，受封為日本國王。成祖又飭令嚴禁海盜，怎奈海盜不服王化，足利

096

氏亦無能為力，所以入寇如故。經明廷先後出師，如安遠伯柳升、平江伯陳瑄，及總兵官劉江，皆破倭有功，沿海才得少安（為嘉靖時征倭作引）。

會接貴州警報，思州宣慰使田宗鼎，與思南宣慰司田琛，構怨興兵，仇殺不已。成祖密令鎮遠侯顧成，率兵前往，相機剿撫。先是明平雲南，貴州土官，聞風歸附，太祖嘉他效順，概令原官世襲，賦稅由他自輸，不立制限，但設一都指揮使，擇要駐守。永樂初年，鎮守貴州的長官，便是鎮遠侯顧成。顧成既密受朝命，遂潛入思州、思南二境，出其不意，把宗鼎與琛，一併拿住，檻解京師。成祖將他二人斬訖，分貴州地為八府四州，設布政使司，及提刑按察使司，派工部侍郎蔣廷瓚，署貴州布政使事（陸續敘過，都是本回中銷納文字）。

誰知到了永樂十八年，山東蒲台縣中，忽出了一場亂事，為首的巨匪，乃是一個女妖名叫唐賽兒下半回以此為主腦，故提筆較為注重）。賽兒為縣民林三妻，並沒有什麼武略，不過略有姿色，粗識幾個文字，能誦數句經咒。林三病死。賽兒送葬祭墓，回經山麓，見石中露有石匣，她即取了出來，把匣啟視，內藏異書寶劍，詫為神賜。書中備詳祕術及各種劍法，當即日夕誦習，不到數月，居然能役使鬼神；又剪紙作人馬可供

第二十九回　徙樂安皇子得罪　鬧蒲台妖婦揭竿

驅策，如欲衣食財物，立令紙人搬取，無不如意。她復削髮為尼，自稱佛母，把所得祕法，輾轉傳授，一班愚夫愚婦，相率信奉，多至數萬。地方官聞她訛擾，免不得派役往捕，唐賽兒哪肯就縛，便與捕役相抗。兩下齟齬，當將捕役殺斃數人。有幾個見風使帆的狡捕，見賽兒持蠻無禮，先行溜脫，返報有司，有司不好再緩，便發兵進剿。賽兒到此地步，索性一不做，二不休，竟糾集數萬教徒，殺敗官兵，據住益都卸石棚寨揭竿作亂。奸民董彥杲、賓鴻等，向系土豪，武斷鄉曲，一聞賽兒起事，便去拜會，見賽兒仗劍持咒，剪紙成兵，幻術所施，竟有奇驗，遂不勝驚服，俱拜倒賽兒前，願為弟子。佛母收佛徒，剪紙成兵，幻術所施，皆大歡喜。從此日侍左右，形影不離，兩雄一雌，研究妖法，越覺得行動詭祕，情跡離奇。怕不是肉身說法。訓練了好幾月，便分道出來，連陷益都、諸城、安州、莒州、即墨、壽州諸州縣，戕殺命官，日益狷獵。青州衛指揮高鳳，帶領了幾千人馬，星夜進剿，到了益都附近，時已三鼓，前面忽來了無數大鬼，都是青面獠牙，張著雙手，似蒲扇一般，來攔鳳軍。鳳軍雖經過戰陣，從沒有見過這般鬼怪，不由的嘩噪起來。董彥杲、賓鴻，率眾掩至，鳳軍不能再戰，盡被殺害，鳳亦戰死。莒州千戶孫恭等，得悉敗狀，恐敵不住這妖魔鬼怪，只好遣人招撫，許給金帛，勸他收兵。董彥杲等抗命不從，反將去使殺斃。

098

那時各官錯愕，不得不飛章奏聞，成祖敕安遠侯柳升，及都指揮劉忠，率著禁衛各軍，前往山東。各官統來迎接，且稟稱寇有妖術，不易取勝。是為諉過起見。柳升冷笑道：「古時有黃巾賊，近世有紅巾寇，都是藉著妖言，煽惑愚民。到了後來結果，無非是一刀兩段。諸君須知邪不敵正，怕什麼妖法鬼術？況是一個民間孀婦，做了匪首，憑她如何神奇，也不過司空伎倆，我自有法對待，諸君請看我殺賊哩。」言罷，即進擊卸石棚寨，密令軍士備著豬羊狗血，及各種穢物，專待臨陣使用。途次遇著寇兵，當即接戰，忽見唐賽兒跨馬而來，服著道裝，彷彿一個麻姑仙，年齡不過三十左右，尚帶幾分風韻。半老徐娘。兩旁護著侍女數名，統是女冠子服式。賽兒用劍一指，口中唸唸有詞，突覺黑氣漫天，愁霧四塞，滾滾人馬，自天而下。柳升忙令軍士取出穢物，向前潑去，但見空中的人馬，都化作紙兒草兒，紛紛墜地，依舊是天清日朗，浩蕩乾坤。妖術無用。賽兒見妖法被破，撥馬便走，寇眾自然隨奔，逃入寨中，閉門固守。

柳升麾軍圍寨，正在猛攻，忽有人出來乞降，只說是寨中糧據汲道。柳升安居營中，總道是妖術已破，無遇寇兵來襲，飛矢如蝗。忠不及預防，竟被射死。柳升安居營中，總道是妖術已破，忠至東門，夜能為力，前言確是有識，至此偏獨輕敵，遂至喪師縱寇，可見驕兵必敗。不意夜半潰軍逃還，報稱劉忠陷沒，慌忙往救，已是不及。還攻卸石棚寨，寨中已虛無一人，賽兒以

第二十九回　徙樂安皇子得罪　鬧蒲台妖婦揭竿

下，盡行遁去。唯賓鴻轉攻安邱，城幾被陷，幸都指揮僉事衛青，方屯海上備倭，聞警飛援，與邑令張璵等內外合攻，殺敗賓鴻，斃寇無數，剩了些敗殘人馬，逃至諸城，被鰲山衛指揮使王貴，截住中途，一陣殺盡，只唐賽兒在逃未獲。及柳升至安邱，衛青迎謁帳前，升反斥他無故移師，喝令捽出，於是刑部尚書吳中，劾升玩縱無狀，由成祖召還下獄，擢衛青為都指揮使，一面大索賽兒，盡逮山東、北京一帶的尼覡道姑，到京究辨。可憐大眾無辜，枉遭刑虐，結果統是假賽兒，不是真賽兒。俄得山東軍報，說是真賽兒已拿到了，盈廷官吏，相率慶賀，醜。正是：

篝火狐鳴天地暮，崑岡焰熾鬼神愁。

未知賽兒曾否伏誅，且至下回交代。

本回宗旨，內敘高煦奪嫡，外敘唐賽兒揭竿，而外此各事，俱用銷納法插入，但亦不至渺無關係。因高煦事敘入宮中，而徐后諸人之品節以彰，因唐賽兒事敘入畿外，而邊疆諸事之叛服以著，如繩貫錢，有條不紊，此可見到述之苦心，非信手掇拾者比也。且高煦驕縱，弊由溺愛，賽兒詭祕，弊在重僧，於欲言之中，更得不言之祕，善讀者自能知之。

100

第三十回　窮兵黷武數次親征　疲命勞師歸途晏駕

卻說唐賽兒亂後，山東各司官，多以縱寇獲譴，別擢刑部郎中段民為山東左參政。段民到任，頗能實心辦事，所有冤民，盡予寬宥，唯密飭幹役，往捕賽兒縛到，由段民親訊，她卻談笑自若，直認不諱。段民覺有變異，命以利刃截她手足，誰知純鋼硬鐵，反不及玉臂蓮鉤，刀鋒已缺，手足依然，不得已嚴加桎梏，把她嬌怯身軀，概用鐵索纏住，然後置入囚車，派遣得力人員，解送京師。行到半途，天光漸黑，驀見前後左右，統是猙獰厲鬼，高可數丈，大約十圍，腰間繫著弓矢，手中執著大刀，惡狠狠的殺將過來。看官！你想這等押解巨犯的兵役如何抵敵？大家顧命要緊，棄了囚車，四散避開。何不用穢物解之。，待至厲鬼已去，返顧囚車，裡面只有一堆鐐銬，並沒有什麼唐賽兒。彼此瞪目許久，只好回報段民。段民沒法，也只得據實復奏。明廷一

第三十回　窮兵黷武數次親征　疲命勞師歸途晏駕

班官吏,方聞妖婦解京,都想前去驗視,至殷民奏至,越發詫為奇事。成祖也不加責問,但命將所拘尼媼,一律放還,這頗能知大體。連柳升亦釋出獄中,釋放柳升未免失刑。內外安謐,只唐賽兒究不知何處去了。

話分兩頭。且說成祖擊敗阿嚕台,奏凱還京,越年,阿嚕台卻遣使齎貢馬,且奉表稱臣。成祖以他悔罪投誠,特命戶部收受貢物,並厚犒來使,遣令去訖。會瓦剌部酋瑪哈木,攻殺韃靼汗本雅失里,另立答里巴為汗,自專政權。阿嚕台復使人來告,成祖乃命駕北巡,親探虛實。既至北京,復得阿嚕台表奏,略言:「瑪哈木弒主逞強,請天朝聲罪致討,臣願率所部,效力衝鋒」云云。成祖大喜,封阿嚕台為和寧王,一面諭責瑪哈木,且徵使朝貢。瑪哈木竟不受命,當由成祖下詔,再行親征,仍帶了柳升、鄭亨、陳懋、李彬等,一班宿將,浩蕩前行,太孫瞻基,亦隨駕出發。成祖語侍臣道:「朕長孫聰明英睿,智勇過人,今肅清沙漠,使他躬歷行陣,備嘗艱苦,才知內治外攘,有許多難處呢。」侍臣稱頌不已。無非面諛。是年為永樂十二年,二月間啟行,四月間至興和,五月間出塞,次楊林城,六月間到三峽口。前鋒劉江,遇著敵騎數千名,一鼓擊退。成祖料敵必大至,嚴陣以待。尋獲間諜數名,問明詳細。得悉瑪哈木離此不遠,索性兼程前進⋯⋯至忽蘭忽失溫地方,望見塵頭大起,有無數蒙兵踴躍而來,後面擁著麾

102

蓋，蔽著兩人，一是韃靼汗答里巴，一是瓦剌酋瑪哈木。成祖登高指揮，命柳升、鄭亨等攻敵中堅，陳懋、王通攻右翼，李彬、譚青、馬聚攻左翼，火器齊發，聲震天地。瑪哈木恰也能耐，領著蒙兵，左攔右阻，並迭發強弩，射住明軍。鄭亨身中流矢，負痛退還。陳懋、王通，也被蒙兵截住，不能取勝。李彬、譚青等與敵酣鬥，殺傷相當。都指揮滿都，受傷過重，倒斃陣中。成祖見各隊相持，未分勝負，遂自高阜躍下，親率鐵騎衝陣，橫掃敵軍。柳升以下，見主上躬冒矢石，也不得不捨命爭先，大呼殺敵。俗語說得好：「一夫拚命，萬夫莫當。」況有數萬人努力前驅，無論什麼強敵，總是抵擋不住。瑪哈木敗陣而逃，部眾自然潰散。明軍追越兩高山，直達土拉河，斬首數千級。成祖尚欲窮追，還是皇太孫叩馬諫阻，才令班師。窮寇勿追，皇太孫恰是有識。還至三峰山，阿嚕台遣頭目鎖住等來朝，且言阿嚕台有疾，所以不至。成祖好言撫慰，並給米百石，驢百匹，羊百頭，別賜他屬部米五千石。鎖住等拜謝而去。成祖還京，瑪哈木也貢馬謝罪，詞極卑順。勉效阿嚕台。成祖亦利他構釁，隨意敷衍，毫不詰問。無非欲自做漁翁。既而瑪哈木病死，子脫歡嗣位，遣使朝貢，仍許襲爵。獨阿嚕台生聚漸繁，兵儲漸富，居然桀驁起來，每遇明使，箕踞謾罵，有時且把明使拘留。

第三十回　窮兵黷武數次親征　疲命勞師歸途晏駕

成祖一再馳諭，阿嚕台全然不改，反驅眾入寇邊疆。

警報屢達京師，成祖以胡人反覆，必為後患，決計遷都北京，就近控馭。永樂十九年春間，車駕北遷，特旨大赦（明遷北京自此始）。廷臣以遷都不便，紛紛有異言。未幾忽發火災，把奉天、謹身、華蓋三殿，燒得牆坍壁倒，棟折榱崩，成祖未免惶悚，令群臣條奏闕失，直言無隱。僚屬奉旨上言，多以遷都為非是。主事蕭儀，及侍讀李時勉，語尤痛切。成祖大怒，竟殺了蕭儀，下李時勉於獄中，並將給事中柯暹、御史鄭維垣等，謫徙邊疆。既令群臣直言，復以直言加罪，出爾反爾，殊屬不情。一面再議北征。兵部尚書方賓，力言糧儲支絀，未便興師，乃復召戶部尚書夏原吉，問邊儲多寡。原吉奏稱所有邊儲，只足供戍卒，不足給大軍。且言頻年師出無功，戎馬資護，十喪八九，災眚間作，內外俱疲，應順時休養，保境息民為要。即如聖躬少安，亦須調護，毋須張皇六師。成祖聞言，為之不懌，仍令原吉往查開平糧儲。與方賓同。成祖怒道：「你亦學方賓麼？我將殺賓，免你效尤。」賓聞言大懼，竟自經死。成祖竟命將吳中系獄，並飭錦衣衛逮原吉還京，再問親征得失。原吉具奏如初。成祖益怒，亦飭令下獄。專制淫威，煞是厲害。遂命侍郎張本等，分往山東、山西、河南及應天諸府，督造糧車，發丁夫挽運，會集宣府，以次年二月為期。

光陰易過，倏忽新春，成祖即率軍起程，師次雞鳴山，探悉阿嚕台遠遁，諸將請率兵深入。成祖道：「阿嚕台非有他計，譬諸貪狼，一得所欲，即行遁去，追他無益。且俟草青馬肥，出開平，逾應昌，出其不意，直抵敵巢，然後可破穴犁庭了。」前則執意親征，茲復禁止深入，總之予智自雄，不欲群臣多口。嗣是徐徐進行，一路過去，不見有什麼敵騎，如入無人之境。至五月中旬，始度偏嶺，發隰寧，至西涼亭。亭為故元往來巡幸地，故宮禾黍，野色蕭條，成祖慨然道：「元朝創築此亭，本欲子孫萬代，永遠留貽，哪裡防有今日？古人謂天命無常，總要有德的皇帝，方才保守得住。否則萬里江山，亦化作過眼煙雲，何況區區一亭呢。」乃下令禁止伐木。六月出應昌，次威遠，開平探馬走報，阿嚕台進寇萬全，諸將請分兵迎擊，成祖道：「這是阿嚕台詐計，不能相信。他恐我直搗巢穴，佯為出兵，牽制我師。我若分兵往援，正中彼計。」遂疾馳而進。據言：「阿嚕台聞大軍到來，惶恐已極，他母及妻，統罵阿嚕台昧良，無端負大明皇帝，及駝馬牛羊輜重，向北遠遁了。」成祖道：「獸窮必走，也是常情，但恐他挾有詐謀，不可不防。」嗣復獲得敵騎數人，所言悉與前符。乃命都督朱

105

第三十回　窮兵黷武數次親征　疲命勞師歸途晏駕

榮、吳成等，盡收阿嚕台所棄牛羊駝馬，焚毀輜重，指日還師，乘便擊兀良哈三衛。兀良哈三衛，即大寧屬地，自遼瀋起直，至宣府，延長三千餘里，元得大寧，即封皇子權為寧王，另封兀良哈三衛，處置降人，以阿北失里等為三衛都指揮同知。成祖起兵，誘執寧王權（應二十二回），並將寧王部屬，悉數移入北平。兀良哈三衛，奉命唯謹，且發兵從戰，所向有功。成祖即以大寧地盡畀兀良哈，作為犒賜。此是東周封秦之覆轍，成祖何故蹈之。

自此遼東宣府一帶，藩籬撤去，門庭以外，就是異族。成祖約他為外藩，平居使偵探，有急使捍衛，無如異族異心，未免攜貳。自阿嚕台恃強抗命，遂與兀良哈三衛勾通。三衛中朵顏衛最強，次為泰寧衛，次為福餘衛，既附合阿嚕台，遂時入塞下。成祖北征旋師，語諸將道：「阿嚕台恃兀良哈為羽翼，所以敢為悖逆，今阿嚕台遠遁，兀良哈勢孤，應移師往討，平定此寇。」當下簡選精銳數萬人，分五路搗入，忽被陷入澤中，自率鄭亨、薛祿等，直入西路。師次屈裂兒河，兀良哈驅眾數萬，前來抵敵，分五路搗入，忽被陷入澤中，自率鄭亨、薛祿等，直入西路。師次屈裂兒河，兀良哈驅眾數萬，前來抵敵，成祖登高瞭望，見敵兵散而復聚，料有接應兵至，遂命吏士持神機弩，潛伏深林，自張左右翼出陣夾擊，衝左翼軍，左翼軍佯退，引敵入深林中，一聲號炮，伏兵齊發，箭如飛蝗般射去，敵遂

106

驚潰。左翼軍反擊敵腹，右翼軍猛攻敵背，敵兵死傷無算，追奔三十餘里，盡毀三衛巢穴，然後下令班師，還京受賀。又是一番跋涉了。

次年七月，又有阿嚕台寇邊消息，成祖笑道：「去秋親征，渠意我不能復出，朕當先駐兵塞外，以逸待勞。」即命皇太子監國，車駕擇日發京師。三次北征。師行月餘，進至沙城，阿嚕台屬下，知院阿失帖木兒、古納台等，率妻子來降，由成祖詳問阿嚕台情形。阿失帖木兒稟道：「今夏阿嚕台為瓦剌所敗，部屬潰散，勢日衰微。今聞大軍遠出，必疾走遠避，哪裡還敢南向呢？」成祖甚喜，賜他酒食，俱授千戶。唯大軍仍然前進，至上莊堡，由先鋒陳懋來報，說是韃靼王子也先土干，挈眷投誠，成祖大喜，語侍臣道：「遠人來歸，應特別旌異，方便招徠。」隨即令陳懋引見，當面獎諭，特封他為忠勇王，賜名金忠。是時兵部尚書金忠已卒，豈成祖欲令他後繼，所以不嫌復名歟？並授他甥把罕台為都督，部屬察卜等統為都指揮，賜冠帶織金襲衣，一面下詔南旋。此次北征最屬無謂。

越年，為永樂二十二年，即成祖皇帝末年，諜報阿嚕台復寇大同，忠勇王金忠，請成祖發兵，願為前鋒自效，於是成祖復大舉北征。第四次了。行抵隰寧，仍不見有敵人

第三十回　窮兵黷武數次親征　疲命勞師歸途晏駕

蹤跡，心知邊報不實，未免爽然。會有金忠部將把里禿，獲到敵哨，具言阿嚕台早已遠颺，現聞在答蘭納木兒河。成祖即督軍疾趨，直達開平，遣中官伯力哥，往諭阿嚕台屬部道：「王師遠來，只罪阿嚕台一人，他無所問，倘若頭目以下，輸誠來朝，朕當優與恩賚，絕不食言。」至伯力哥還報，阿嚕台部落，亦多遠遁，無可傳命，成祖乃決計入答蘭納木兒河。沿途見遺骸甚眾，白骨纍纍，因飭柳升督軍士，掇拾道殣，妥為瘞埋，自制祭文，具酒漿醊土，聊慰孤魂。又進次玉沙泉，以答蘭納木兒河已近，即命前鋒金忠、陳懋等先發，自為後應。金忠、陳懋等到了答蘭納木兒河，彌望荒蕪，不特沒有敵寨，就是車轍馬跡，也是一律漫滅，無從端倪。大家瞭望一番，不知阿嚕台所在，只好遣人復奏。成祖又遣張輔等窮搜山谷，就近三百里內外，沒一處不往搜尋，也只不見伏兵逃騎，張輔等亦只好空手覆命。真是彼此搗鬼。成祖不禁詫異道：「阿嚕台那廝，究到何處去了？」張輔奏道：「陛下必欲擒寇，願假臣一月糧，率騎深入，定不虛行。」成祖道：「大軍出塞，人馬俱勞乏得很，北地早寒，倘遇風雪，轉恐有礙歸途，不如見可而止，再作計較。」言未已，金忠、陳懋等亦已回營，奏稱至白邙山，仍無所遇，以攜糧已盡，不得不歸。成祖嘆息多時，便下令還京。又是白跑一次。道出清水源，見道旁有石崖數十丈，便命大學士楊榮、金幼孜，刻石紀功，又是白

108

諭道：「使萬世後知朕過此。」不見一敵，何功可言？然自知不再到此，亡徵已見。銘功畢，成祖少有不豫，升幄憑幾而坐，顧內侍海壽問道：「計算路程，何日可到北京？」海壽答道：「八月中即可到京。」出塞四次，連路程都不能計，不死何待？成祖復諭楊榮道：「東宮涉歷已久，政務已熟，朕歸京後，軍國重事，當悉付裁決。朕唯優遊暮年，享些安閒餘福罷了。」恐老天不肯許你，奈何？楊榮聞言，免不得諛頌數語。至雙流瀼，遣禮部尚書呂震，以旋師諭皇太子，並昭告天下。入蒼崖戌，病已甚篤，夜不安寐，偶一閉目，便見無數冤鬼，前來索命。好殺之驗。待至驚醒，但見侍臣列著左右，不禁唏噓道：「夏原吉愛我！」再行至榆木川，氣息奄奄，不可救藥了。自知不起，遂召英國公張輔入內，囑咐後命，傳位皇太子高熾，喪禮一如高皇帝遺制。言訖，呼了幾聲痛楚，當即崩逝。張輔與楊榮、金幼孜商議，以六師在外，不便發喪，遂熔錫為椑，載入遺骸，仍然是翠華寶蓋，擁護而行。暗中遣少監海壽，馳赴太子，太子遣太孫奉迎，太孫至軍，始命發喪，及郊，由太子迎入仁智殿，加殮納棺，舉喪如儀。成祖卒年六十五，尊謚「文皇帝」，廟號「太宗」，至嘉靖十七年，復改廟號為「成祖」。太子高熾即位，以次年為洪熙元年，史稱為仁宗皇帝，小子自然沿稱仁宗了。本回就此收場，唯有一詩詠成祖道：

第三十回　窮兵黷武數次親征　疲命勞師歸途晏駕

閒關萬里有何求，財匱師勞命亦休，車載沙邱遺恨在，梟雄只怕死臨頭。

欲知仁宗即位後情形，請看官再閱下回。

阿嚕台、瑪哈木等，叛服靡常，原為難馭之寇。然成祖一出，靡戰不勝，其不足平可知矣。此後即有犯順消息，可遣一智勇深沉之將，如英國公張輔者，出為戰守，當亦足了此事。乃必六師遠出，再三不已，萬里閒關，甚至不見敵軍蹤影，何其僕僕不憚煩乎？況按夏原吉所奏，當日度支，已甚支絀，以全國之賦稅，糜費於無足重輕之邊事，可已不已，計毋太絀。要之一好大喜功之心所由致也，迨中道彌留，始言夏原吉愛我，晚矣。好酒者以酒亡，好色者以色亡，好兵者以兵亡，成祖誠好兵者哉！然以濫刑好殺之成祖，猶得令終，吾尚為成祖幸矣。

110

第三十一回 二豎監軍黎利煽亂 六師討逆高煦成擒

卻說仁宗即位，改元洪熙，立命將夏原吉、黃淮、楊溥等，釋出獄中，俱復原官（應二十九回）。原吉入朝奏對，大旨以賑饑蠲賦，罷西洋取寶船，及雲南交趾各路採辦，仁宗一一依行。未幾以楊榮、金幼孜、楊士奇、黃淮等，皆東宮舊臣，忠實可恃，遂進榮為太常卿，幼孜為戶部侍郎，兼文淵閣大學士，士奇為禮部侍郎，兼華蓋殿大學士，黃淮為通政使，兼武英殿大學士，楊溥為翰林學士。既而榮與士奇，統擢為尚書，內閣職務，自是漸重了。

先是仁宗少時，太祖未崩，嘗命他分閱章奏。仁宗留意考察，凡關係軍民利病，必先呈上覽，至文字稍有錯誤，並未表出。太祖指示道：「兒閱章奏，奈何不核及文字？」仁宗答道：「偶有筆誤，不足瀆天聽，所以未曾表明。」太祖點首不答。嗣復問及

第三十一回　二豎監軍黎利煽亂　六師討逆高煦成擒

堯、湯時候，水旱連年，百姓如何生活？仁宗答以堯、湯仁政，惠及民生，因此水旱無憂。太祖大喜道：「好孫兒！有君人度量了。」所謂少成若天性。嗣為皇太子，屢被高煦、高燧等讒構，終以誠敬孝謹，得免禍難。及即位，任用三楊，修明庶政，與民休息，儼然有承平景象。仁宗嘗在池亭納涼，吟成五律一首道：「夏日多炎熱，臨池憩午涼。雨滋槐葉翠，風過藕花香。舞燕來青瑣，流鶯出建章。援琴彈雅操，民物樂時康。」（引入此詩，注重結末二語。）

後人讀到此詩，每想仁宗風儀，幾似虞舜鼓琴，薰風解慍，不愧為守文令主。又嘗在思善門外，建弘文館，與儒臣講論經史，終日不倦。夏日遍賜水果諸鮮，冬日遍賜貂狐等物。每語諸臣道：「朕與諸卿講論，覺得津津有味，若一入後宮，對著內侍宮人，便覺索然，未知卿等厭棄朕否？」諸臣聞命，頓首稱頌，自不必說。皇后張氏，為彭城伯張麒女，冊妃時，謹修婦道，成祖嘗謂幸得佳婦，仁宗得保全儲位，也虧著賢后從中調停，所以仁宗敬愛有加，宮闈中雖有妃嬪，沒甚寵幸。除張后外，只譚妃一人，善承意旨，得蒙恩遇罷了，為殉主伏筆。這且慢表。

且說安南平定，曾設交趾布政司，留英國公張輔鎮守，未幾即召輔還京，從征漠

112

北，別命豐城侯李彬繼統軍事，尚書黃福綜理民政。福有威惠，頗得交人畏服。唯李彬麾下，曾有太監馬騏任職監軍，騏按定交趾貢物，每歲需扇萬柄，翠羽萬襲，正供以外，還要多方勒索。交民痛苦得很，互相怨恨，遂互相煽動，因復闖出一個渠魁，擾亂安南。都是小人壞事。這渠魁叫做何名？便是俄樂縣土官黎利。

黎利初從陳季擴，充金吾將軍，季擴就擒，利歸降明軍，令為巡檢。至馬騏肆虐，他即乘機驅眾，挾眾作亂，自稱平定王，用弟黎石為相國，段荞為都督，聚黨范柳、范宴等，四出剽掠。參政侯保、馮貴，率軍往討，被他圍住，力戰身亡。明廷聞警，遣榮昌伯陳智為左參將，助李彬出剿，轉戰有年，才得削平亂黨，唯黎利逃匿寮國，屢捕未獲。嗣李彬應召還京，由陳智代任，監軍亦另易中官，名叫山壽。去了一個，又來一個。這山壽貪財好貨，與馬騏相似。黎利乘間納賄，潛自寮國遁還寧化州，詐言乞降。山壽得了賄賂，遂替他奏請朝廷，求赦黎利。適成祖崩逝，仁宗踐位，壽入朝慶賀，且言利已願降，若遣使往諭，定然來歸。仁宗躊躇良久，方道：「蠻人多詐，不便深信。」山壽叩頭道：「如利不來，臣當萬死。」利令智昏。仁宗復道：「黃福有無異議？」山壽又奏道：「福居交趾，已十八年，從前馬騏密奏先帝，謂有異志，臣不敢仍如騏言。但久居異域，與民同利，今交趾知有黃福，不知有朝廷，恐亦非懷柔本旨呢。」善於進

第三十一回　二豎監軍黎利煽亂　六師討逆高煦成擒

讒，比駙還要陰險。仁宗默然無語。俟山壽退出，即下旨召黃福還京，已為邪言所惑。飭兵部尚書陳洽，代掌交趾布按司事。福在交趾，編戶籍，定賦稅，興學校，置官司，屢召父老宣諭德意。中官馬騏，怙恩虐民，福輒遇事裁抑，騏懷恨在心，所以誣奏。成祖擱過不提，至山壽入讒，仁宗馳諭召歸，福奉命即行，交人扶老攜幼，相率走送，甚至挽轅號泣，不忍言別。福好言婉諭，只託稱後會有期，才得離了安南，徑還京師。

黎利聞黃福召還，謀變益急，遂糾眾攻茶龍州。交趾都司方政，領兵往援，與戰不利。指揮伍雲陣歿，守將琴彭亦戰死。利陷入茶龍，轉寇諒山，殺死守吏易先，硬把諒山占去。榮昌伯陳智，懦弱無能，又與都司方政，不相輯睦，遂沒法定亂，只好飛使馳奏，候旨定奪。全然不智，如何名智？仁宗方信山壽言，遣壽齎敕往諭，授黎利為清化知府。及接陳智奏報，還道是山壽有材，足以撫寇，即飛飭陳智按兵以待，候山壽到了交趾，協定以聞。於是陳智推諉上命，一任黎利猖獗，勒兵不發。尚書陳洽，見陳智遷延釀亂，甚是懊惱。即奏稱賊首黎利，名雖求降，實是攜貳，招聚逆黨，日益滋蔓，乞飭統帥陳智，早滅此賊，綏靖邊疆云云。仁宗乃復授陳智為征夷將軍，出討黎利。智尚在徘徊，至山壽入境，又一意主撫，賊勢從此益張了。

114

且說仁宗既冊定皇后，隨立子瞻基為皇太子，餘子瞻埈、瞻墉、瞻墡、瞻堈、瞻塀、瞻墰、瞻垐、瞻垍、瞻珽皆封王，命太子居守南京，意欲仍還南都，詔令北京都司，復稱行在。一面宥建文諸臣，放還永樂時坐成家屬，並復魏國公徐欽原爵。欽係輝祖子，輝祖忤成祖意，奪爵歸第（應二十七回）。未幾，輝祖病歿，子欽復得襲封。永樂十九年，欽入朝，不辭徑去，成祖怒欽無禮，削職為民，至是乃給還故爵。且屢命法司慎刑，諭楊士奇、楊榮、金幼孜三人，審決先朝重囚，必往同讞，遇有冤抑，不惜平反云云。他如免租施賑，亦時有所聞。不意洪熙元年五月中，二豎為災，帝躬不豫，才越兩日，病竟垂危。忙飭中官海壽，馳召皇太子瞻基。海壽甫抵南京，仁宗已歸天。太子即日就道，自南而北，謠傳漢王高煦，謀在途中設伏，邀擊太子，左右請整兵為衛，或言應從間道北行。太子道：「君父在上，何人敢妄行？」當下馳驛入都。至良鄉，太監楊瑛，偕尚書夏原吉、呂震，捧遺詔來迎，傳位皇太子。太子受詔，入哭盡哀，越十日即皇帝位，追尊皇考為昭皇帝，廟號仁宗，皇后張氏為太后，又以譚妃投繯殉主，追贈為昭容恭禧順妃。得未曾有。統計仁宗在位，僅越一年，享年四十有八。太子瞻基即位，改元宣德，史稱他為宣宗。宣宗立后胡氏，系錦衣衛百戶胡榮女，並冊孫氏為貴妃（並舉貴妃，為後文廢后張本）。召翰林學士楊溥入內閣，與楊士

115

第三十一回　二豎監軍黎利煽亂　六師討逆高煦成擒

奇等同參機務。命大理寺卿胡㮣，參政葉春，巡撫南畿。自是遇有災亂，輒遣大臣巡撫，後來置為定員，三司職權，乃日漸從輕了，明初外省官制，置布政、按察、都指揮三司，分掌政、刑、兵三事。及巡撫設而三司失權。這卻不必細說。

唯漢王高煦，自徙居樂安後，仍然不法，聞仁宗猝崩，召還太子，本欲發兵邀擊，因迫於時日，不及舉行。宣宗即位，恰奏陳利國安民四事，宣宗如奏施行。及改元初日，煦復遣人獻元宵燈，侍臣入啟宣宗道：「漢府來使，多是窺探上意，心存叵測。前時漢王子瞻圻，留居北京，每將朝廷情事，潛報漢王，平均一晝夜間，多至六七次，先帝防他漏洩，徙至鳳陽守陵。此次陛下登基，漢王又藉口奏獻，使人常至，詭情如見，不可不防。」(仁宗徙瞻圻事，就此帶出，以省筆墨。)宣宗道：「永樂年間，皇祖嘗諭皇考及朕，謂此叔有異心，但皇考待他甚厚，朕亦應推誠加禮，寧他負我，毋我負他。」乃馳書報謝。煦日夜製造軍器，籍丁壯為兵，出死囚，招亡命徒，奪府州縣官民畜馬，編立五軍四哨，授指揮王斌為太師，知州朱恆，長史錢巽為尚書，千戶盛堅，典仗侯海為部督，教授錢常為侍郎，遣人約山東都指揮靳榮為助，期先取濟南，然後犯闕。

御史李濬，致仕歸田，家住樂安，得著這個消息，急棄家易服，從間道馳入京師，

116

上書告變。山東文武軍民，與真定等衛所，亦飛報高煦亂狀。適煦遣心腹枚青，往約英國公張輔，請為內應，輔縶青以聞。宣宗遣中官侯泰，賜高煦書，慰勉備至。煦反盛兵見泰，厲聲道：「靖難兵起，若非我出死力，哪有今日？太宗輕聽讒言，削去護衛，徙我樂安，仁宗徒以金帛餌我，今又動言祖制，脅我謹守臣節，我豈能鬱鬱居此，毫無舉動？你試看我士飽馬騰，兵強力壯，欲要橫行天下，也是不難。速歸報你主，執送奸臣，免我動手！」竟欲效乃父耶？但福命不及乃父，奈何？泰不敢抗辯，唯唯而出；既還京，也含糊覆命。

隔了數日，煦遣百戶陳剛，賫奏入朝，奏中語多悖逆，且指夏原吉為罪首，定欲索誅。宣宗乃動憤起來，夜召諸大臣入議，擬遣陽武侯薛祿，往討高煦。大學士楊榮抗言道：「陛下獨不見李景隆事麼？」宣宗轉顧原吉，原吉先免冠謝罪。宣宗矍然道：「卿何為作此態？莫非為高煦奏請麼？煦無從啟釁，只得借卿為口實，朕非甚愚，何至為煦所欺？」原吉謝恩畢，方奏道：「為今日計，宜卷甲韜戈，星夜前往，方可一鼓蕩平。若命將出師，迂遠無濟，輔對道：『高煦有勇無謀，外強中怯，今請假臣二萬人，即可縛煦入內，與商親征事，轉蹈李景隆覆轍。榮言甚是。」楊榮遂勸帝親征。宣宗召張輔獻闕，何必勞動至尊。」楊榮道：「煦謂陛下新立，必不自行，所以肆行無忌，若臨以天

第三十一回　二豎監軍黎利煽亂　六師討逆高煦成擒

威，事無不濟，臣願負弩前驅。」宣宗為之動容，乃決意親征，以高煦罪狀，申告天地宗廟山川百神，命陽武侯薛祿、清平伯吳成為先鋒，少師蹇義，少傅楊士奇，少保夏原吉，太子少傅楊榮，太子少保吳中，尚書胡、張本，通政使顧成等，扈蹕隨征。留鄭王瞻埈，襄王瞻墡居守。定國公徐永昌，彭城伯張昶，安鄉侯張安，廣陵伯劉瑞，忻城伯張榮，建平伯高遠，及尚書黃淮、黃福、李友直等，協守京師。復敕遣指揮黃謙，暨平江伯陳瑄，出守淮安，防煦南竄。部署既定，遂統率大營五軍將士，即日出京，鉦鼓聲遠達百里。既至楊村，宣宗顧從臣道：「卿等料高煦今日，計將安出？」蹇義道：「樂安城小，不足展布，彼或先取濟南，為根據地。」言未已，楊溥又插口道：「高煦前日，嘗請居南京，今必引兵南去。」宣宗笑道：「卿等所料，未必盡然。濟南雖近，未易攻取，且聞大軍將至，亦不暇往攻。若防他走入南京，未始非高煦夙願，但他的護衛軍，家屬多居樂安，豈肯棄此南走？高煦性多狐疑，今敢謀反，無非因他年少新立，未能親征；若遣將往討，他得甘言厚利，作為誘餌，希圖與他聯合。今朕親至，已出彼料，哪裡還敢出戰？朕意煦必成擒了。」料敵如神，然亦皆由楊榮等指導之力。又向前行進，遇著樂安逃軍，備述高煦情形，略如宣宗所料。宣宗大喜，發給揭帖數紙，令回樂安貼示，一面仍貽書高煦道：

118

朕唯張敖失國，本諸貫高，淮南受誅，成於伍被。自古小人事藩國，率因之以身圖富貴，而陷其主於不義，及事不成，則反噬主以圖苟安，若此者多矣。今六師壓境，王能悔過，即擒倡謀者以獻，朕與王削除前過，恩禮如初，善之善者也。王如執迷不悟，大軍既至，一戰即擒，又或麾下以王為奇貨，執王來獻，王何面目見朕，雖欲保全，不可得也，王之轉禍為福，一反掌間耳。其審圖之！

書發後，得前鋒薛祿馳奏，報稱高煦已下戰書，約於明日出戰。宣宗遂令大軍蓐食兼行，夜半至陽信縣，官吏皆入樂安城，無人迎謁。大軍即趨至樂安，圍攻四門。時已天明，守城兵慌忙登陣，舉炮下擊。宣宗命發神機銃箭，仰射城上。硝煙四散，聲震如雷。守兵股慄，多半竄伏逃生。日光晌午，危城將墮，諸將擬攀城而入，宣宗不允，暫行停攻，復傳書入城，諭高煦出降。煦仍不答。宣宗又命書詔敕數道，令將士系諸箭上，射入城中，曉示禍福利害。城中人士，得了諭旨，多欲將高煦執獻。煦狼狼失據，乃密遣心腹將士，縋城至御幄前，奏稱限期一夕，與妻子訣別，即當出城歸罪。前云可橫行天下，如何未戰即降？宣宗允准，來使去訖。是夜高煦盡取所造兵器，與各處交通文書，盡付一炬。火光燭天，通宵不絕。轉眼間天已大明，煦擬出城聽命，忽來一人阻住道：「殿下寧一戰而死，如何出降受辱？」煦視之，乃是太師王斌。煦悵然道：「城池

第三十一回　二豎監軍黎利煽亂　六師討逆高煦成擒

卑狹，不足禦敵，奈何？」王斌再欲有言，煦復道：「你且照常辦事，容我細思。」斌乃退出。煦遂潛行出城，徑至宣宗幄前，席藁待罪。群臣奏謂正法，宣宗道：「煦固不義，但祖宗待遇親藩，自有成例，勿為已甚。」群臣復舉大義滅親四字，堅請加刑，宣宗不許，只令高煦入見，取群臣彈章視煦。煦略略瞧著，面色如土，忙頓首道：「臣罪萬死萬死，生殺唯陛下命。」昔日威風，而今安在？宣宗令煦作書，召諸子同歸京師。王斌、朱恆等倡導不軌，罪在不赦，亦一律繫歸。改樂安為武定州，令薛祿、張本二人鎮守，餘軍凱旋。高煦父子家屬，被系入京，宣宗命廢為庶人，築室西安門內，禁錮高煦夫婦，餘為逍遙城，飲食供奉如常。王斌、朱恆等皆伏誅。煦被禁數年，寧王權上書，請赦煦父子，不獲允，煦大為怨望，宣宗親往察視，見煦箕踞坐地上，免不得斥責數語。及宣宗轉身欲歸，煦竟伸出一足，把宣宗勾倒地上。宣宗大怒，俟起立後，令力士异出銅缸，覆住煦身。缸重三百餘斤，煦用力負缸，缸竟移動。宣宗覆命積炭燻缸，越一時，炭熾銅熔，任你高煦力大無窮，也炙得烏焦巴弓了。好似竹管煨泥鰍。小子有詩嘆高煦道：

庸材也欲逞強梁，暴骨揚灰枉自傷。
莫向釜中悲煮豆，追原禍始是文皇。

高煦炙死，諸子皆誅，還有趙王高燧，亦被嫌疑，是否能保全性命，且看下回敘明。

仁宗在位，不過一年，而任賢愛民，善不勝書。史稱天假之年，俾其涵濡休養，則德化之盛，應與漢文景比隆，是仁宗固不愧為仁也。唯信用宦官山壽，召還黃福釀成交趾之亂，不無微憾，然亦為安邊息民起見，因為撫之一字所誤，仁有餘而智不足，略跡原心，其尚堪共諒歟。高煦不道，竟欲上效乃父，藉口除奸，幸宣宗從諫如流，決意親征，六師一至，煦即失措，出城乞降，席藁待罪，彼才智不逮成祖，而君非建文，臣非齊黃，多見其速斃已也。厥後銅缸燃炭，身首成灰，何莫非煦之自取乎？明有仁宣，足與言守成矣。

第三十一回　二豎監軍黎利煽亂　六師討逆高煦成擒

第三十二回

棄交趾甘隳前功　易中宮傾心內嬖

卻說趙王高燧，與高煦是一流人物，難兄難弟。從前亦常思奪嫡，與中官黃儼等，密謀廢立，事洩後，黃儼伏誅，燧以仁宗力解，始得免罪，仁宗徙燧封彰德。及高煦抗命，暗中也勾結高燧，約同起事。煦既受擒，六師畢歸，奏稱應乘勝移師，襲執趙王。宣宗轉問楊榮，榮很是贊成。復問蹇義、夏原吉，兩人亦無異言。遂由楊榮傳旨，令楊士奇草詔。士奇道：「太宗皇帝唯三子，今上唯兩叔父，罪無可赦，法應嚴懲，情有可原，還宜曲宥。若一律芟除，皇祖有靈，豈不深恫？」榮厲聲道：「此係國家大事，豈你一人所得沮麼？」楊榮名為賢臣，胡亦執拗成性。士奇道：「高煦受擒，趙王必不敢反，何苦要皇上自戕骨肉，士奇不敢草詔。」榮聞溥言，艴然徑去，即往見與士奇意合，遂從容說道：「且入諫皇上，再作計議。」時楊溥在側，

第三十二回　棄交趾甘墮前功　易中宮傾心內嬖

宣宗，薄與士奇，接踵而入，司閽只放入楊榮，不令二人入內。二人正徬徨間，適蹇義、夏元吉，奉召前來，士奇即洩令入諫。蹇義道：「上意已定，恐難中阻。」士奇道：「王道首重懿親，如可保全，總宜調護為是。還望二公善為挽回！」蹇義領首而入，即以士奇言轉陳帝前。宣宗乃返入京師，不復言彰德事。既而廷臣猶有煩言，或請削趙王護衛，或請拘趙王入京，宣宗沉吟未決，復召士奇入問道：「朝右多議及趙王，究應如何處置？」士奇道：「今日宗室中，唯趙王最親，陛下當曲予保全，毋惑群議！」宣宗道：「朕今日只有一叔，怎得不愛？但欲為保全，須有良法。朕意擬將群臣劾章，封示趙王，令他自處，卿意以為何如？」士奇道：「得一璽書，更為周到。」宣宗便命士奇起草，親自閱過，蓋好御印，即令駙馬都尉廣平侯袁容，與左都御史劉觀，同赴彰德，示以璽書，並廷臣劾章。趙王喜且泣道：「我得更生了。」遂優待袁容，薄待陳山，且歲賜趙王，概如常例。恩，願獻護衛。自是群議始息。宣宗乃重用士奇，封趙王得以令終，於宣德六年去世，幸全首領。這且休表。

且說榮昌伯陳智，與都指揮方政，協守交趾，因黎利叛服無常，奉命往討（續前回），至茶龍州，兩人意見未洽，反為黎利所乘，吃了敗仗。那時宣化賊周臧，太原賊黃菴，芙留賊潘可利，雲南寧遠州紅衣賊長擎，俱蜂起作亂，遙應黎利。宣宗聞警，諭

124

責智、政，削奪官爵，令在軍中效力贖罪。特簡成山侯王通，佩征夷大將軍印，充交趾總兵官，都督馬瑛為參將，率師南征。仍命尚書陳洽，參贊軍務。通與瑛先後南下，瑛至清威，適黎利弟黎善，陷廣威州，分軍四擾，與瑛軍相遇。被瑛軍兜頭痛擊，紛紛敗去，瑛方紮營休息。王通亦引兵到來，兩下合軍，進屯寧橋。通欲乘勝進擊，尚書陳洽道：「前面地勢險惡，宜慎重進行，不如擇險駐師，覘賊虛實，再定行止。」通叱道：「兵貴神速，何得遲疑？」洽不便再諫。通即麾兵渡河。適遇天雨，道路泥濘，人馬不能成列，霎時間伏兵驟起，縱橫衝蕩，通受創即走，全師大潰。陳洽憤起，怒兵突陣，身中數創，顛墜馬下；左右掖起，願與俱還，洽勃然道：「我身為大臣，見危致命，正在今日，難道可偷生苟免麼？」足愧王通。隨即揮刀復入，斫死賊兵數人，自知力竭，刎頸而死。通敗回交州，尚得自言神速麼？黎利即自率精兵，入犯東關。通聞報大懼，陰遣人與利議和，願為利乞封，且割清化以南地，俾利管轄。利陽為受款，限日受地，通遂不待朝命，擅檄清化等州，令官吏軍民，盡還東關，即以土地讓與黎利。知州羅通，擲檄痛詆道：「名為統帥，擅敢賣城，看他如何覆命？我只知守土，不知有他。」遂攖城拒守，黎利往攻不能下。

先是都督蔡福守義安，為黎利所圍，未戰即降，至是黎利令招致羅通。通見福至城

第三十二回　棄交趾甘隳前功　易中宮傾心內嬖

下，厲聲呵責，說他不忠不義。福羞慚滿面，低頭馳去。利知清化難下，移兵攻鎮城平州。知州何忠懷，潛行出城，擬至交州乞援，中途為賊所執，押送黎利。利酌酒與飲道：「何知州的大名，我仰慕久了。能從我，不患不富貴。」忠懷大罵道：「賊奴！我乃天朝臣，豈食汝狗彘食？」當下奪盃在手，擲中利面，流血盈頤。利大怒，遂將忠懷殺害，一面麾眾寇交州。王通出兵與戰，竟得勝仗，斬獲偽官以下萬餘人，利惶懼遁去。諸將請王通追擊，通又憚不敢發。一年怕蛇咬，三年爛稻索。利得整軍復出，圍攻昌江。都指揮李任、顧福，與指揮劉順，知府劉子輔，投繯殉難。馮智頗不愧忠臣。子輔有惠政，民素愛戴，子輔死後，闔家全節，吏民亦相率死難，無一降賊，全城為墟。命。中官馮智，北向再拜，日夜拒戰，至九閱月，糧盡援絕，竟被攻陷，任、福皆自刎畢

警報遙達京城，宣宗又命安遠侯柳升，統兵往援，保定伯梁銘為副，都督崔聚充參將，尚書李慶參贊軍務。且以黃福舊在交趾，深得民心，亦令隨軍同往，仍掌交趾布按二司。柳升會集諸軍，進至隘留關，黎利與王通，已有和議，聞升等南下，詭稱應立陳氏後裔，具書乞和。升得書，並未啟視。只將原書奏聞，一面督軍入境，連破關隘數十，直達鎮夷關。梁銘、李慶皆因憊致病，唯升意氣自若，尚欲長驅直入。郎中史安，

126

主事陳鏞，問李慶疾，且語慶道：「主帥已涉驕矜，擁兵輕進，倘遇敵伏，易致挫衂。寧橋覆轍，可為前鑑，還望公代為諫阻，寧可持重，不可躁率。」慶倚枕稱善，強自起床，走告柳升。升笑道：「我自從軍以來，大小經過百戰，難道怕這小丑麼？」輕敵甚矣。慶復言之再三，升含糊答應，令慶等留營養痾，自率百騎至倒馬坡，躍馬逾橋。後隊正擬隨上，橋梁猝斷，迫不及渡，但見對岸伏兵猝起，把升圍住。升左衝右突，竟不能脫，未幾即中鏢身死。所隨百騎，盡行戰歿。那時後軍只好退回，梁銘、李慶竟致急死。崔聚復整軍入昌江，與賊酣鬥，賊驅眾大至，飛矢攢射，聚受傷被執，史安、陳鏞等皆陣亡，官軍大潰，七萬人只剩數千，逃入交州。

黃福至雞鳴關，亦為賊所得，掣出佩刀，意欲自刎。賊眾把刀奪去，且下馬羅拜道：「公系我生身父母，何可遽死？前時公若不歸，我等哪敢出此？」福叱道：「朝廷未嘗負爾等，爾等為何從逆？」賊眾復道：「守土官僚，如果盡若我公。就使教我為逆，我等也不忍為。怎奈官逼民反，不得不然。」言下都有慘容，且語且泣，福亦為之下淚。賊目取出白金餱糧，作為餽物，並令數人舁著肩輿，送福出境。福至龍州，舉所贈物盡歸入官。

第三十二回　棄交趾甘隳前功　易中宮傾心內嬖

是時王通在交州,聞升軍敗沒,越加惶懼,忙與黎利議和,出城築壇,束帛載書,教利立陳暠為陳氏後,訂約休兵。其實交趾並沒有陳暠,全系王通、黎利,串同捏造,藉此矇蔽明廷。通贈利綺錦,利賂通珍寶,彼此歡宴了一日,議定由黎利遣使,奉表獻方物。通亦令指揮闞忠,偕黎使入朝,當由鴻臚寺代呈表章,其詞云:

安南國先臣陳日煃三世嫡孫陳暠,惶恐頓首上言:曩被賊臣黎季犛父子,篡國弒戮,臣族殆盡。臣暠奔竄寮國,以延殘息,歷二十年。近者國人聞臣尚在,逼臣還國,眾言天兵初平黎賊,即有詔旨訪求王子孫立之,一時訪求未得,乃建郡縣。今皆欲臣陳氏後人主國,藉息兵爭。宣宗乃決計罷兵,遂遣侍郎李琦、羅汝敬等,齎詔撫諭交趾,赦除利罪,令具陳氏後人事實以聞。一面召王通、馬瑛,及三司衛所府州縣官吏,悉數北還。於是三十年來經營創造的安南,一旦棄去。李琦等未到交趾,王通已由陸路還廣西,陳智及中官馬騏、山壽,由水情請命,臣仰視天地生成大恩,謹奉表上請,伏乞明鑑!

宣宗覽畢,即召集廷臣會議,示以來表。英國公張輔道:「這是黎利詐謀,必不可從,當再益兵討賊,臣誓將元凶首惡,縶獻闕下。」蹇義、夏原吉,也說是不可輕許。獨楊榮、楊士奇,料宣宗有意厭兵,因言交趾荒遠,不如許利,藉息兵爭。宣宗乃決計

128

路還欽州。及奉詔到京，群臣交章彈劾，統說通棄地擅和，騏恣虐激變，壽庇賊殃民，情罪最重，應即明正典刑。宣宗意存寬大，只把王通、馬騏、山壽等，暫系獄中，便算罷休。宣宗號稱英明，奈何姑息養奸？嗣李琦自交趾還京，黎利又遣人隨至，奉表言陳暠已死，陳氏絕嗣，由臣利權時監國等語。宣宗明知有詐，只因事已至此，無可奈何，就將錯便錯的，混過去了。

是時已為宣德三年，邊事總算擱起，宮中忽起暗爭。果然不到二年，即鬧出廢后問題來。原來孫貴妃出身頗微，系永城主簿孫忠女，幼時穎慧絕倫，貌亦姣美，天生麗質。張太后母，即彭城伯夫人，當張為妃時，已出入宮中，偶為張太后母所見，大為稱羨。張太后母，即彭城伯夫人，當張為妃時，已出入宮中，偶為張太后所見，成祖擬為皇太孫擇配，彭城夫人，即盛稱孫氏賢淑，應選為太孫妃。當下傳旨選入，見孫氏女尚僅十齡，乃令在宮撫養，從緩定奪。過了七年，太孫年長，奉旨選妃，司天官奏稱星氣在奎婁間，當自濟河求佳女。適濟寧人百戶胡榮，生女七人，獨飾第三女充選。成祖見她貞靜端淑，遂冊為太孫妃。彭城夫人，聞了此信，以孫氏女既有定約，偏為胡氏女所奪，心中很是不平，即入宮啟奏成祖，請他改命。成祖不便反汗，但命立孫氏女為太孫嬪。及仁宗嗣阼，張后正位，彭城夫人，又向張后前喋喋不休。老媼煞是多

第三十二回　棄交趾甘隳前功　易中宮傾心內嬖

事。張后素性寡言，任她如何慈惠，只是默然不答。到了宣宗登基，亦稍稍傾向孫嬪，所以冊后禮成，便冊孫嬪為貴妃。明初定例，冊后用金寶金冊，冊貴妃有冊無寶，宣宗特命尚寶司制就金寶，賜給貴妃，一如后制。已隱露並后匹嫡的意思。這位孫貴妃體態妖嬈，性情狡黠，少成若天性。百般取悅上意，幾把這位宣宗皇帝，玩弄在股掌中。難道朕命中應無子麼？」孫貴妃聞言，猝然下跪，佯作羞態道：「妾久承雨露，覺有異徵，紅潮不至，已閱月餘，莫非是熊夢不成？」你難道知生男？宣宗大喜道：「卿如生男，當立卿為后。」孫貴妃佯親道：「后位已定，妾何敢相奪？願陛下勿出此言！」宣宗道：「好貴妃！好貴妃！」隨親為扶起，抱置膝上，喁喁與語，大約有厭恨胡后的意思。貴妃且曲為解勸，宣宗嘉她有德，益稱嘆不置。將欲取之，必固與之，此陰柔之所以可畏也。

流光易逝，倏忽間已八九月，孫貴妃居然分娩，生下一個麟兒，當由宮人報聞宣宗。宣宗喜出望外，即至貴妃宮中驗視，經侍媼抱出佳兒，啼聲響亮，覺為英物。後來宣宗滿面笑容，取兒名為祁鎮，並慰勞貴妃數語，隨即趨出，傳旨大赦。看官！你道這皇子祁鎮，果是貴妃所生麼？貴妃想欲奪后，恰想出一條祕計，

130

暗中與懷孕的宮人，定了易呂為嬴的密約。適值宮人生男，遂取作己子，誑騙宣宗。宣宗哪知祕謀，總道是貴妃親生。才閱數日，即擬立乳兒為皇太子，廷臣希承意旨，也接連上章奏請。恐也由貴妃運動。宣宗遂召張輔、蹇義、楊榮、夏原吉、楊士奇入內，隨諭道：「朕有一大事，與卿等商議，卿等為我一決。朕三十無子，中宮有病不得育，據術士推算，謂中宮祿命，不能產麟，今幸貴妃有子，當立為嗣，朕聞母以子貴，乃是古禮，但不知何以處中宮？卿等為朕設一良法！」輔等奉旨，面面相覷，不發一言。宣宗又略舉后過，楊榮矍然道：「如陛下言，何妨廢后呢？」榮前時欲拘趙王，及此又倡議廢后，吾不知其具何肺腸。宣宗道：「廢后有故事麼？」楊榮道：「宋仁宗廢郭后為仙妃，便是成例。」宣宗復顧輔等道：「卿等何皆無言？」士奇忍耐不住，便頓首奏道：「臣事帝后，猶子事父母，母即有過，子當幾諫，怎敢與議廢母事？」宣宗復問道：「此舉得免外議否？」士奇道：「宋仁宗廢郭后，孔道輔、范仲淹等，力諫被黜，至今貽議史冊，怎得謂為無議？」還是士奇守正。宣宗不懌，拂袖竟入，輔等乃退。

越日，宣宗御西角門，復召楊榮、楊士奇至前，問以昨議如何？榮從懷中取出一紙，奉呈宣宗。宣宗瞧著，所書皆誣后過失，多至二十事，不禁變色道：「渠曷嘗有此

第三十二回　棄交趾甘隳前功　易中宮傾心內嬖

大過？這般誣毀，獨不怕宮廟神靈麼？」宣宗非無一隙之明，乃楊榮逢君誣后，罪實可殺。隨顧士奇道：「爾意究應如何？」士奇道：「漢光武廢后詔書，嘗謂事出異常，非國家福。宋仁宗廢后，亦嘗見悔，願陛下慎重。」宣宗仍不為然，麾令退去。又越數日，仍召問張輔等數人，輔等仍依違兩可。獨士奇啟奏道：「皇太后神聖，應有主張。」宣宗道：「與卿等協定，便是太后旨意。」我卻未信。士奇不便多言。宣宗見士奇不答，遂令輔等皆退，獨命士奇隨入文華殿，屏去左右，密諭士奇道：「朕意非必欲黜后，但事不得已，總須卿為朕設策。」意亦太苦，無非為一孫貴妃。士奇固辭，經宣宗諭至再三，方仰顧道：「中宮與貴妃，有無夙嫌？」宣宗道：「彼此很是和睦，近日中宮有病，貴妃時常往視，可見深情。」這便是她狡詐。士奇道：「既然如此，不若乘中宮有疾，由陛下導使讓位，尚為有名。」宣宗點首，士奇即退出。約過旬日，宣宗復召見士奇，與語道：「卿策甚善，中宮果欣然願讓，雖太后不許，貴妃亦不受，但中宮的讓志，甚堅決了。」恐亦由受迫所致。士奇道：「宋仁宗雖廢郭后，恩禮不衰，願陛下善保始終，無分厚薄。」無聊語。宣宗道：「當依卿奏，朕不食言。」於是廢后議遂定，小子有詩詠道：

寧有蛾眉肯讓人，詭言熊夢幻成真。
長門從此悲生別，一樣皇恩太不均。

欲知廢后立儲詳情，且俟下回續敘。

交趾一役，誤在遣將之非人。王通、柳升，俱非將才，乃命為專閫，悒悒出師，一蹶而不振，升再入而戰歿。卒至下詔遣使，修好撤藩，城下之盟，恥同新鄭，割地之議，辱甚敬瑭，宣宗固不善籌邊，而張輔、蹇義、夏原吉、三楊諸人，要亦不能辭其咎也。若夫廢后之議，更屬不經。后無可廢之罪，乃墮狡謀而乖恩義，失德孰甚。士奇再三諫阻，卒不能格正君心，徒以勸讓一策，曲為補苴，實則一掩耳盜鈴耳。觀此回乃知宣宗不得謂明，其臣亦不得謂良，寧特楊榮之足斥已哉？

第三十二回　棄交趾甘隳前功　易中宮傾心內嬖

第三十二回

享太平與民同樂　儆權閹為主斥奸

卻說宣宗用士奇言，勸后退位，布置已定，先立子祁鎮為太子，由禮臣奉上冊寶，孫貴妃欣喜過望，恰故意稟白宣宗道：「后病痊，自當生子，妾子敢先后子麼？」口仁義而心鬼蜮，此等人最屬可恨。宣宗道：「朕當立你為后，休得過謙！」貴妃又佯為固辭，宣宗不允。會胡后已上表辭位，遂命退居長安宮。后性喜靜，不好華飾，至是黃老學，益懷恬退。張太后深加憐憫，嘗召居清寧宮。內廷朝會宴饗，必命后居孫后上，孫后嘗怏怏不樂。無如太后隱為保護，也只好得過且過，不便與爭。後來宣宗亦頗自悔，嘗自解為少年事，年已逾壯，安得稱為少年？因賜號故后為「靜慈仙師」。至英宗正統七年，太皇太后張氏崩，后號慟不已。越年亦殂，這是後話不提。

且說宣宗既冊立孫后，很是欣慰，遂設宴西苑，宴集大臣。西苑在禁城西偏，中有

第三十三回　享太平與民同樂　儆權閹為主斥奸

太液池，周十餘里，池中架著虹梁，藉通往來。橋東為圓台，台上有圓殿，其北即萬歲山，山上有殿亭六七所，統系金碧輝煌，非常閎麗。沿池一帶，滿植嘉樹，所有名花異卉，更不勝數。池上玉龍盈丈，噴泉出水，下注池中，圓殿後亦有石龍吐水相應，彷彿與瀑布相似。宣宗更命在殿旁築一草舍，作為郊天祭地時齋宮，雖是矮屋三間，恰築得特別精雅，真個是琅嬛福地，差不多閬苑仙居。蹇義、夏原吉、楊榮、楊士奇等十八人，奉召入苑，宣宗已在苑中候著，由諸臣謁畢，命駕環遊，先至萬歲山，次泛太液池，宣宗親指御舟道：「治天下有如此舟，利涉大川，全賴卿等。」蹇義諸人，聞命叩謝。宣宗令內侍舉網取魚，約得數尾，飭交司廚作羹，即在舟中小飲，遍及群臣。乘著酒興，賦詩賡唱。你一語，我一句，無非是頌揚政績，鼓吹休明。既而舍舟登殿，賜宴東廡，飲的是玉液瓊漿，吃的是山珍海錯，且由宣宗特旨，有君臣同樂，不醉無歸二語，因此諸臣開懷暢飲，無不盡歡。席終，復各賜金帛絳環玉鉤等物，大家頓首稱謝，方才散歸。

過了數旬，值張太后生辰。大受群臣朝賀。禮畢後，宣宗親奉太后遊西苑，詞臣畢從。既至苑中，由宣宗親掖慈輿，上萬歲山，奉觴上壽，太后大悅，酌飲宣宗，且與語道：「方今天下無事，我母子得同此樂，皆天與祖宗所賜。天下百姓，就是天與祖宗的

136

赤子，汝為人君，能保全百姓，不使飢寒，庶幾我母子可長享此樂了。」仁人之言。宣宗離席叩謝，是日亦盡歡始散。未幾又奉太后謁陵，宣宗親執槖鞬，騎馬前導，至清河橋，下馬扶太后輦，徐徐行進，畿民夾道拜觀，陵旁老稚，亦皆山呼迎拜。太后顧宣宗道：「百姓愛戴皇帝，無非以帝能安民，應慎終如始，毋負民望！」宣宗唯唯遵教。謁陵已畢，復奉太后過農家。太后宣召村婦，問及生業安否？村婦應對俚樸，如家人然，太后喜甚，賜給鈔幣飲食。村婦亦進獻野蔬家釀，太后取嘗訖，復畀宣宗道：「這是農家風味，不可不嘗。」隨事教導，隨顧侍臣蹇義等道：「朕三推已不勝勞，況長此勞動有耕夫，特向他取來，親自三推，頓時歡聲載道，交頌聖明。呢？」亦賜給耕夫鈔幣。其他所過農家，各有特賞，

嗣是勵精圖治，君臣交儆，興利除弊，任賢去佞，仍以北京為帝都，免致重遷（仁宗意欲南遷，見三十一回中，本回特敘此文，補筆不漏）。一面命工部尚書黃福，及平江伯陳瑄，經略南漕，妥為輸運。又選郎中況鍾、趙豫、莫愚、羅以禮，及員外郎陳本深、邵旻、馬儀、御史何文淵、陳鼎等九人，出為知府，一律稱職。況鍾守蘇州，鋤強植良，號稱能吏。趙豫守松江，恤貧濟困，號稱循吏。兩太守遺愛及民，聲名較著。

嗣復用薛廣等二十九人，亦多政績。又擢曹弘、吳政、趙新、趙倫、于謙、周忱為侍

第三十三回　享太平與民同樂　儆權閹為主斥奸

郎，分任南北巡撫。謙在山西，忱在江南，任官最久，尤得民心。大書特書，不沒賢能。「喜逢國泰民安日，又見承平大有年。」這位從容御宇的宣宗皇帝，制祖德歌，作猗蘭操，吟織婦詞，著豳風圖詩，揚風扢雅，坐享安閒；有時且作畫數張，所繪人物花卉，備極精工，嘗畫黑兔圖，松雲荷雀圖，黑猿攀檻圖，賞賜王公，珍為祕寶。又敕造宣紙，至薄能堅，至厚能膩，裁剪成箋，有菊花箋、紅牡丹箋、灑金箋、五碳粉箋等名目。他若褐色香爐，藍紗宮扇，青花脂粉箱，統由大內創製，流傳禁外。香爐形式不一，爐底多用匾方印，陽鑄大明宣德年制，印地光滑，蠟色可愛。嘗有御製六字詩云：「湘浦煙霞交翠，剡溪花雨生香。掃卻人間煩暑，招回天上清涼。」所賦便是此物。青花脂粉箱系是磁質，花紋曼體，覆承兩窪，子母隔膜，周圍有小寶可通，靈妙無匹。或謂先由暹羅國貢入，宣宗飭匠仿造，窮年累月，僅成十具。兩具給與孫后，餘均分賞宮嬪。宮中又嘗鬥蟋蟀，宣宗最愛此戲，曾密召蘇州地方官，採進千枚。當時有歌謠云：「促織瞿瞿叫！宣宗皇帝要。」種種玩耍，無非因天下太平，有此清賞。好在宣宗未嘗荒耽，不過借物抒懷，為消遣計，看官休要誤視，當作宋徽宗，賈似道一流人物呢。點醒正意。

宣宗一日微行，夜漏已遲，尚帶四騎至楊士奇宅。士奇倉皇出迎，頓首道：「陛下

138

一身，關係至重，奈何輕自到此？」宣宗笑道：「朕思卿一言，所以親至。」遂與士奇談了數語，方才還宮。越數日，宣宗復遣內監范弘，往問士奇，謂微行有何害處？士奇道：「皇上惠澤，未必遍洽寰區，萬一怨夫冤卒，伺間竊發，豈不是大可慮麼？」後過旬餘，果由捕盜校尉，獲住二盜，鞫供得實，乃欲乘帝出行，意圖犯駕。宣宗方喟然吸道：「今才知士奇愛朕呢。」以此益器重士奇。士奇亦知無不言，屢有獻替。三楊中要推士奇。

宣德三年，宣宗出巡朔方，擊敗兀良哈寇眾，五年及九年，又兩出巡邊，俱至洗馬林。諸將請乘便擊瓦特部，士奇與楊榮，極力奏阻，因此偃武而歸。會夏原吉、金幼孜先後病歿，蹇義亦老病，國事悉賴三楊。宣宗優遊一二年，忽然得病，竟至大漸，令太子祁鎮嗣位，所有國家大事，稟白太后而後行。詔書甫就，竟報駕崩。統計宣宗在位十年，壽三十有八，生二子，長即太子祁鎮，次名祁鈺，為賢妃吳氏所出。祁鎮年才九齡，外廷嘖有煩言，爭說太子年幼，不能為帝，甚至侵及太后，謠諑紛起，倘有不測，危及宮廷。我輩受先皇厚恩，理應力保幼主，扶持國祚。」榮允諾，遂率百官入臨。適太后御乾清宮，女官佩刀劍值侍，召二楊入見。二楊叩首畢，即請見太子。太后道：「我正為

第三十三回　享太平與民同樂　儆權閹為主斥奸

此事，特召二卿。二卿系先朝耆舊，須夾輔幼主，毋負先帝！」二楊復頓首道：「敢不遵旨。」太后遂令二楊宣入百官，一面召太子出見，指示群臣道：「這就是新天子，年甫九齡，全仗諸卿調護！」群臣聞太后言，各伏謁呼萬歲。戲劇中有二進宮一出，便是就此演出。當下奉太子登位，大赦天下，以明年為正統元年，是為英宗，追諡皇考為章皇帝，廟號宣宗。尊張太后為太皇太后，孫后為皇太后，封弟祁鈺為郕王。

會吏部尚書蹇義已歿，舊臣除三楊外，資格最崇，要算英國公張輔。其次即尚書胡。太皇太后委任五臣，凡遇軍國重務，悉付裁決。內侍請垂簾聽政，太皇太后道：「祖宗成法，明定禁律，汝等休得亂言！」彭城伯張昶，都督張昇，皆太皇太后兄弟，但令朔望入朝，不得與聞國政。楊士奇請加委任，終不見從。是時宮中有一個巨蠹，名叫王振，為司禮太監，特筆表明，隱寓懲惡之義。振狡黠多智，曾事仁宗於東宮，宣德時，已有微權。英宗為太子，振朝夕侍側，及英宗即位，遂命掌司禮監，特別寵任，且嘗呼他為先生。振遂擅作威福，於朝陽門外築一將台，請帝閱兵，所有京營各衛武官，校試騎射，名為閱武，其實是收集兵權，為抵制文臣起見。直誅其隱。且矯旨擢指揮紀廣為都督僉事，廣以衛卒守居庸，往投振門，大為契合，遂奏廣為武臣第一，不待朝旨，即予超擢，宦官專政自此始（應第一回權閹之弊）。振尚慮威權不足，

140

意欲加譴大臣，隱示勢力，適值兵部尚書王驥，及右侍郎鄺埜，奉旨籌邊，遲延未復。振遂潛導英宗，令召驥、埜二人入殿，面責道：「爾等欺朕年幼麼？如此怠玩，成何國體？」隨喝令左右，執二人下獄，右都御史陳智，希振意旨，亦劾張輔回奏稽延，並許科道隱匿不發，應該連坐。那時九歲的小皇帝，曉得什麼，自然由王振先生作主，振因張輔是歷朝勳舊，不便加刑，只命將科道等官，各杖二十。及太皇太后聞知，忙令停杖，已是不及。唯王驥、鄺埜，總算由太皇太后特旨，釋出獄中。太皇太后甚是不悅，親御便殿，召張輔、楊士奇、楊榮、楊溥、胡五人入見。英宗東首上立，五大臣西首下立。太皇太后顧英宗道：「此五大臣系先帝簡任，留以輔汝，一切國政，應與五大臣共議，非得他贊成，不准妄行！」英宗含糊答應。太皇太后又回顧五臣，見楊溥在側，召他至前道：「先帝念卿忠，屢形愁嘆，不意今復得見卿。」溥不禁俯伏而泣，太皇太后亦流涕不止。原來仁宗為太子時，因僚屬被讒，溥及黃淮等皆下獄（見第三十回）。黃淮於宣德八年辭宗每在宮中言及，嗟嘆不已，及即位，始一概釋放（見三十一回）。太皇太后感念前事，乃有是言。嗚咽片時，復楊溥擢任禮部尚書，與楊士奇等同直內閣。振向前跪伏。太皇太后勃然道：「汝侍皇帝起居，多不法事，罪不可赦，今當賜汝死！」振聞言大驚，正擬復辯，那左右女官，

第三十三回　享太平與民同樂　儆權閹為主斥奸

已拔劍出鞘，架振頸上，嚇得他魂不附體，連一句話都說不出。何不將他一刀殺死，免得後來闖禍。英宗見這情形，忙匍匐地上，替他求免，五臣亦依次跪下。太皇太后道：「皇帝年少，不識此等小人，佐治不足，誤國有餘，我今姑聽皇帝及諸大臣顧寄下，但從此以後，切不可令他干預國政！」振顫慄而出，五大臣亦奉旨退朝。

太皇太后挈英宗入宮，不勞細敘，唯王振經此一跌，不得不稍斂戢，約有三四年不敢預事。至正統五年，太皇太后老病，楊士奇、楊榮等，亦多衰邁，王振又漸萌故態，想乘此出些風頭，便步入內閣，適與楊士奇、楊榮相見，徐問道：「公等為國家任事，勞苦久了，但公等已皆高年，後事待何人續辦？」與你何干？士奇道：「老臣盡瘁報國，死而後已。」言未畢，榮復插入道：「此言錯了。我輩衰殘，不能長此辦事，當選舉少年英材，使為後任，才得仰報聖恩。」振喜形於色，方告別而去。士奇與榮道：「這等小人，如何與他謙遜？」榮答道：「渠與我等，厭恨已久，一旦中旨傳出，牽掣我等，勢且奈何？不如速舉一二賢人，入閣輔政，尚可杜他狡謀。」語雖近似，但三楊同心，尚不能去一奸瑢，後人其如振何？士奇始釋然道：「如公高見，勝我一著，很是佩服。但應舉賢人，如侍講馬愉、曹鼐等，何如？」榮答道：「還有侍講苗衷、高穀等，

142

不亞愉、鼐,亦可保薦。」士奇唯唯,散值後即草好薦表,於次日進呈。有旨但令「馬愉、曹鼐,入閣參預機務,苗、高二人罷議。」

未幾楊榮病歿,閣臣中失一老成,王振又問士奇道:「吾鄉中何人堪作京卿?」無非欲市恩鄉人。士奇道:「莫若山東提舉僉事薛瑄。」原來薛瑄籍隸山西,與王振同鄉,振遂奏白英宗,召瑄為大理寺少卿。瑄至京,士奇使謁振,瑄瞿然道:「拜爵公朝,謝恩私室,瑄豈敢出此麼?」名論不刊。士奇讚嘆不已。越數日,會議東閣,振亦在座,公卿見振皆趨拜,唯一人獨立,振知為薛瑄,先與拱手,瑄始勉強相答,自是振銜怨乃深。會奉天、華蓋、謹身三殿,修築告成,永樂時,三殿被災,至是始成。大宴群臣,獨王振不得與宴。英宗如失左右手。潛命內侍往候王先生。內侍至王振宅,聞振方厲聲道:「周公輔成王,有負扆故事,我獨不可一坐麼?」前時永樂帝嘗自命周公,此次輪著王振,正一蟹不如一蟹。內侍覆命,英宗明知祖宗成制,宮內太監,不得與外廷宴享,奈心中敬愛王先生,只恐惹他動惱,不得不破例邀請,好一個徒弟,便命開東華中門,宣振入宴。振始揚揚自得,騎馬而來,到了門前,百官已迎拜馬前,振乃下馬趨入,飲酣乃去。

第三十三回　享太平與民同樂　儆權閹為主斥奸

正統七年，冊立皇后錢氏，一切禮儀，免不得勞動王先生，王先生頤指氣使，哪個還敢怠慢？司禮監應出風頭。英宗反加感激。是年十月，太皇太后張氏病劇，傳旨問楊士奇、楊溥，以國家有無大事未舉。士奇忙繕好三疏，逐日呈遞。第一疏言建文帝臨御四年，雖已出亡，不能削去年號，當修建文帝實錄。第二疏言太宗有詔，收方孝儒等遺書者論死，今應弛禁。第三疏尚未呈入，太皇太后已崩。士奇等入哭盡哀，獨這位陰賊險狠的王先生，心中大喜，好似拔去眼中釘，從此好任所欲為了。小子有詩詠道：

誤國由來是賊臣，權閣構禍更逾倫。
三楊甘作寒蟬侶，莫謂明廷尚有人。

欲知王振不法行為，且俟下回再敘。

本回敘宣宗事，過不掩功，亦善善從長之義。明代守文令主，莫若仁宣，著書人未嘗諱過，亦未敢沒功。律以董狐直筆，紫陽書法，庶幾近之。且於太皇太后張氏，及大學士楊士奇，極力表彰，無美不著。至若況鍾，趙豫諸賢吏，亦一律敘入，揚清激濁，殆有深意存焉。王振用事，禍啟英宗，太皇太后洞燭其奸，令女官擬刃於頸，其明智更不可及。乃帝臣乞請，不即加誅，大奸未去，貽誤良多。至於慈躬大漸，垂詢國事，士

144

奇擬上三疏，僅呈其二，而未聞列振罪惡，力請嚴懲，是士奇之謀國，尚不太皇太后若也。明多賢后。若太皇太后張氏者，其尤為女中人傑乎？

第三十三回　享太平與民同樂　儆權閹為主斥奸

第三十四回　王驥討平麓川蠻　英宗敗陷土木堡

卻說司禮監王振，因太皇太后既崩，遂得肆行無忌。先是太祖置鐵牌於宮門，高約三尺，上鑄「內官不得干預朝政」八字，振竟將鐵牌攜去。自在皇城築一大宅，宅東建智化寺，豎碑祝，侈述功德。翰林院侍講劉球，上言十事，大旨在勤聖學，親政務，用正士，選禮臣，核吏治，慎刑罰，罷土木，定法守，息兵爭，儲武備，說得井然有序，頗切時弊，唯未嘗劾及王振，振亦不以為意。偏有個欽天監正彭德清，倚振為奸，公卿多趨謁。球與同鄉，獨不為禮，德清恨甚，遂摘球疏中語，謂振道：「這便是有意劾公呢。」一語夠了。振聞言大怒，遂逮球下獄，且囑錦衣衛指揮馬順，置球死地。順遂夜攜小校入獄，令持刀殺球。球大呼太祖太宗，聲尚未絕，首已被斷，血流遍體，尚屹立不動。順竟命將屍身支解，瘞獄戶下。畢竟忠魂未泯，先祟小校，暴病斃命，次祟馬順

147

第三十四回　王驥討平麓川蠻　英宗敗陷土木堡

子，病狂大哭，突摔順發，拳足交下，並痛罵道：「老賊！我劉球並無大過，你敢趨附逆閹，害死我麼？看你等將來如何？我先索你子去罷。」言已，兩目上翻，僕地而死。事見正史，足為奸黨者戒。順附振如故，振且恣肆益甚。

會某指揮病歿，有一遺妾，很是妖豔，振從子山，與她勾搭，擬娶還家，偏為指揮妻所阻。山嗾妾誣妻毒夫，至都御史衙門，擊鼓申訴。最毒婦人心。都御史王文，親自訊究，初頗持正不阿，後竟受山運動，嚴刑脅供，迫令誣服。大理寺少卿薛瑄，洞悉冤誣，駁還讞案。文遂劾瑄受賄，朝旨竟將瑄嚴譴，系獄論死。瑄有三子，上書以長子淳代死，次幼二子戍邊，乞贖父罪。有詔不許，瑄將被刑。振有老僕，在爨下坐泣，為振所見，問明緣由。這老僕嗚咽道：「聞薛夫子將受刑，不禁心傷呢。」振意少解。會兵部侍郎王偉，亦上書申救，乃免死除名，放歸田里。既而國子監祭酒李時勉，請改建國子監，由振奉旨往驗，時勉不加禮貌，振竟懷恨，即坐時勉擅伐官樹罪，枷號監門。太學生三千多人，上疏營救，並經孫太后父孫忠，為白太后，轉述帝前，方才得釋。是時楊士奇憂憤成疾，乞病告歸。士奇子稷不肖，為言官所劾，逮入獄中。可憐士奇憂上加憂，竟爾逼死。還有大學士楊溥，孤掌難鳴，敷衍了兩三年，亦得病謝世。士奇號西楊，溥號南楊，前時楊榮號東楊，並稱三

148

楊。三楊為四朝元老，尚為振所敬憚，至是陸續病終，振正好坐攬大權，任情生殺。內使張環、顧忠，匿名訐振，受了磔刑。駙馬都尉石璟，偶罵了家閹呂寶，為振所聞，說他賤視同類，飭令下獄。大理寺丞羅綺，參贊寧夏軍務，嘗詆中官為老奴，由總兵官討好王振，訐他罪狀，坐戍邊疆。監察御史李儼，謁振不跪，亦被戍。霸州知州張需，得罪中官，又被逮至京，箠楚幾死。唯光祿寺卿餘亨，詐稱詔旨，日支御膳供振，得擢為戶部侍郎。府部院諸大臣，及在外方面大僚，每當朝觀，必先至振第，納金萬金，稱爺稱父，不計其數。鼷鼬已極。

其時有麓川一役，也是王振始終主張，用兵數次，雖得獲勝，究竟勞師數十萬，轉餉半天下，得不償失，功不補患，待小子敘述出來，以便看官細評。麓川地接平緬，在雲南西徼，洪武中沐英平雲南，平緬酋思倫發，亦率眾內附，太祖命兼統麓川，為平緬麓川宣慰司（應第十九回）。已而思倫發復叛，復經沐英討平，分地為三府，一名孟養，一名木邦，一名孟定，皆屬雲南管轄。思民失官，倫發病死，子思任發桀黠喜兵，謀復乃父故地，適孟養、木邦，與緬甸相仇殺，遂乘機出擊，侵略麓川。黔國公沐晟，據實奏聞，且請發兵進討。明廷會議，或主剿，或主撫，議論不一。王振欲示威荒服，

第三十四回　王驥討平麓川蠻　英宗敗陷土木堡

決計出師,乃命都督方政,會集沐晟,及晟弟沐昂,率兵討思任發。思任發聞大軍將至,貽書沐晟,願入貢輸誠,晟信以為真,無出征意,政以為詐,必欲進擊。思任發濟師,晟皆不許。政獨引兵渡龍川江,至高黎共山下,擊敗蠻眾,斬首三千餘級,乘勝深入,擬搗思任發巢穴,轉戰力疲,遣使至晟處乞援,晟恨他違制,延不發兵。思任發料政疲乏,突出象陣衝擊,政竟戰死,全軍覆沒。明廷接到警耗,嚴旨責晟,晟懼罪暴卒,乃令昂代統各軍,久亦無功。思任發卻遣頭目陶孟等,帶著象馬金銀,入京貢獻,且奉表謝罪。廷臣請就此罷兵,獨王振定欲平蠻,調還甘肅總兵官蔣貴等,令在京待命。兵部尚書王驥,揣知振意,亦力主用兵。於是令蔣貴為平蠻將軍,都督李安、劉聚為副,王驥總督軍務,侍郎徐晞轉輸軍餉,大發東南諸道十五萬人,刻期並進。既至雲南,由王驥部署諸將,分三路攻入。思任發立營龍川江,樹柵固守,官軍合攻不能下,會大風驟起,驥遂命縱火焚柵,蠻眾乃潰,長驅抵木籠山,連破七寨,直搗蠻巢。思任發恰也狡黠,暗地分兵,從間道繞出,來襲官軍背後,幸驥預先戒備,但令各營堅壁勿動。蠻眾衝突數次,好似銅牆鐵壁,不能挫損分毫。驥卻令都指揮方瑛,潛攻敵寨,思任發排著象陣,來截方瑛,被方軍矢射銃擊,象陣潰散。思任發尚死守寨中,會右參將冉保,亦由東路擊破諸寨,率兵來會,驥命截守西峨渡,自率諸將四面環攻,西風又

150

作，復行縱火，敵寨立破，斬馘無算。思任發挈了二子，竄走緬甸，驥留兵屯守，奏凱班師。明廷飲至論賞，進封蔣貴為定西侯，王驥為靖遠伯，餘皆升賞有差。已發兵兩次了。

思任發聞大軍北旋，復自緬甸入寇，英宗語蔣貴、王驥等道：「蠻眾未靖，死灰復燃，卿等為再行。」貴、驥等頓首受命，遂起兵如前。發卒轉餉，多至五十萬人。大軍至金齒，檄緬人獻思任發，緬人佯諾不遣。驥語貴道：「緬甸黨賊，不得不討。」貴亦贊成驥言，遂邀同都督沐昂，分道大進。貴身為前驅，麾眾渡江，焚敵舟數百艘，大戰一晝夜，殺敵幾盡。再諭緬人縛獻巨魁。緬人答書，以思任發子思機發，竊據者藍（麓川別寨），恐他致仇為解。驥乃率兵赴者藍，搗入思機發寨中，思機發遁去，只獲他妻子，及部目九十餘人，當即露布告捷。廷議以勞師已久，飭令還軍。驥遂置隴川宣慰司，引師北歸。三次往返。越年餘，雲南千戶王政，奉敕幣宣諭緬酋，令繳出思任發，否則大軍且至。緬酋恐懼，乃執思任發及妻孥部屬三十二人，付與王政。思任發不食垂死，政遂將他斬首，函獻京師。唯思機發仍出據孟養，屢諭不從，詔令沐晟子沐斌往討。晟死後，斌襲爵。斌至孟養，以糧盡瘴作引還。王振必欲生擒思機發，再慫恿英宗，仍命王驥總督軍務，率都督宮聚，左右副總兵張、田禮等，剋日南征。四次用兵。

第三十四回　王驥討平麓川蠻　英宗敗陷土木堡

驥渡龍川江，直抵金沙江，思機發列柵西岸，抵拒官軍。官軍造浮橋濟師，大呼奮擊，毀柵攻入。思機發不能支，退保鬼哭山巔，又被官軍擊破，落荒遁去。驥追至孟冉海，地去麓川千餘里，土番皆望風驚顧道：「自古漢人，從沒有渡過金沙江，今王師到此，莫非天威不成？」驥沿途宣撫，因恐饋餉不繼，收軍引還。不意思機發少子思陸，糾眾擁戴，仍據孟養。驥知寇終難滅，乃與思陸約，立石金沙江為界，與他宣誓道：「石爛海枯，爾乃得渡。」思陸亦惶懼聽命，驥乃班師還朝。總計麓川一役，自正統四年出兵，直至十四年，方算做一場歸束。文亦止此，作一歸束。

但當時軍書旁午，日有徵發，免不得騷擾民間，東南一帶的土匪，乘隙煽亂，統以誅王振為名，所在揭竿。閩賊鄧茂七，據陳山寨，自稱剷平王，攻陷二十餘縣，經御史丁瑄，集眾往剿，馳擊半年，才得蕩平。茂七伏誅，礦盜葉宗留、陳鑑湖等，遙應茂七，剽掠浙江、江西、福建諸境，勢日猖獗。茂七自欲為王，殺死宗留，居然建立偽號，糾眾攻處州。浙江大理寺少卿張驥，遣人往撫，曉以利害，鑑湖還算聽命，情願歸降。

東南才報平靖，西北陡起烽煙，先是兀良哈三衛，屢次入寇，宣宗北巡，曾擊退寇

152

眾，後來仍出沒塞下。英宗嘗遣成國公朱勇等（勇系朱能子）分兵四出擊兀良哈，連破敵營，斬獲萬計。兀良哈三衛浸衰，唯懷恨甚深，竟去連結瓦剌部，入犯邊疆。瓦剌部長馬哈木死後，子脫歡嗣（應三十回）與韃靼部頭目阿嚕台，日相仇敵，阿嚕台竟為脫歡所殺，餘眾東徙。韃靼汗答里巴已死，脫歡立脫古思帖木兒孫脫脫不花，為韃靼繼汗，自為太師，專攬權勢。既而脫歡又死，子乜先嗣（乜先亦作也先，《通鑑輯覽》作額森）乜先嘗遣使入貢，王振以粉飾太平為名，賞賚金帛無數。至正統十四年，乜先以二千人貢馬，號稱三千，振令禮部點驗人數，按名給賞，虛報的一概不與，所有請求，只准十分之二，乜先大憤，又經兀良哈三衛往訴，遂大舉入寇。韃靼汗脫脫不花，勸阻不從，也只好隨他發兵。於是脫脫不花，率兀良哈部眾，入寇遼東。阿拉知院寇宣府，並圍赤城。乜先自擁眾寇大同。至貓兒莊，參將吳浩迎敵，一戰敗死。西寧侯宋瑛，武進伯朱冕，率兵往援，又均戰歿寧和。

警報與雪片相似，飛入京城，英宗只信任王振先生，便向他問計。王振道：「我朝以馬上得天下，太祖太宗，都是親經戰陣，皇上春秋鼎盛，年力方強，何不上法祖宗，出師親征呢？」說得冠冕堂皇，奈後人不及前人何？英宗聞言大喜，便召集群臣，諭令隨蹕北征。是時熒惑入南斗，廷臣都防有他變，兵部尚書鄺埜，侍郎于謙，遂力言六師

第三十四回　王驥討平麓川蠻　英宗敗陷土木堡

不宜輕出，英宗不從。吏部尚書王直，又率百官再三諫阻，亦不見納。先生之言，原不可違。竟下詔令郕王居守，自率六軍親征。英國公張輔，暨公侯伯尚書侍郎以下，一律隨行，軍士凡五十萬人。王振侍帝左右，寸步不離，沿途命令，統由他一人主持。不愧為先生。及至居庸關，群臣請駐蹕，俱被駁斥。進次宣府，連日風雨，人情洶洶，群臣又交章請留。振大怒道：「朝廷養兵千日，用兵一時，難道未見一敵，便想回去麼？語似近理，但問他有何把握？再有抗阻，軍法不貸。」好像一位王軍師。遂麾兵再進。一路上威風凜凜，無人敢攖。成國公朱勇等白事，皆膝行聽命。尚書鄺埜、王佐等，偶忤振意，罰跪草中，俯伏竟日。欽天監正彭德清，系振私人，入語振道：「象緯示儆，不可復前，若有疏虞，危及乘輿，何人當此重責？」振終不從。至陽和，兵已乏糧，殭屍滿路，眾益危懼，振仍擬決計北行。直至大同，中官郭敬，向振密告學士曹鼐等，請車駕速入紫荊關，嗣恐損及鄉禾，復改道宣府。曹鼐轉白振前，振又不聽。大同總兵郭登，初欲邀帝至家，向蔚州出發，振系蔚州人，振始有還意，下令班師。總是同類之言，還易入聽，然亦遲了。忽有偵騎來報，乜先率眾來追，將到此地了。振不以為意，只遣朱勇率三萬騎，往截乜先，勇輕率寡謀，倉猝

154

就道，進軍鷂兒嶺，突遇敵兵殺出，左右夾攻，殺掠幾盡。鄺埜聞知此信，急請車駕長驅入關，嚴兵斷後。奏牘上呈，並不見報。埜再詣行殿力請，振叱道：「腐儒曉得什麼兵事？再言必死。」難道腐豎反知兵事麼？喝左右將埜推出。振偕英宗徐徐南還，至土木堡，日尚未晡，去懷來僅二十里。群臣欲入保懷來，振檢點自己輜重，尚少千餘輛，命駐兵待著。輜重可換性命否？時當仲秋，天氣尚熱，人馬行了二日，很是燥渴，四處覓水，不得涓滴。及掘井二丈餘，仍然乾涸，軍士驚慌得很，急遣偵騎遠覓。返報南去十五里，有一小河，奈敵軍前哨，已到河邊，不便往汲了。諸將聞敵軍將到，越覺慌亂，振尚意氣自如。延至夜半，敵軍紛紛趨至，都指揮郭懋等，急上馬迎戰，殺了半夜，敵越來越多，竟將御營團團圍住。正在惶急，忽報乜先使至，持書議和。英宗命曹鼐草敕，遣通事二名，隨北使偕去。振急傳令拔營，想是輜重已到，不然，前何遲遲？後何急急？將士等得此機會，好似重囚遇赦，趕先奔走。行不上三四里，行伍又亂，驀聞炮聲四起，敵騎又復殺到，大刀闊斧，奮砍官軍。那時官軍饑渴難當，逃歸心急，還有什麼氣力，對付敵兵？敵兵左馳右驟，大呼快降。官軍要命，棄甲投械不迭。英國公張輔，泰寧侯陳瀛，駙馬都尉井源，都督梁成、王貴，尚書鄺埜、王佐，內閣學士曹鼐、張益等百餘人，還想勒兵抵禦。哪知敵兵接連放箭，所有將士，多被射死，連張輔

第三十四回　王驥討平麓川蠻　英宗敗陷土木堡

等一班輔臣，也都中箭身亡。張輔老臣，至此始死於沙場，可謂建文帝吐氣。英宗不禁慌張，只睜著眼顧視王振，振至此亦抖個不住。王先生威福享盡了。護衛將軍樊忠，憤憤道：「皇上遭此危難，都是王振一人主使，即如將士傷亡，生靈塗炭，亦何一不自他闖禍？我今為天下殺此賊子。」言至此，即袖出鐵錘，猛擊振首，撲蹋一聲，頭顱擊碎，鮮血直噴，倒斃地上。快哉！快哉！當下請英宗上馬，率領騎兵，冒死突圍。怎奈敵兵層裹，竟沒有一毫出路，忠竟力戰身亡。英宗見忠已死，無法可施，重下雕鞍，坐地休息。忽有敵兵一隊，破圍竟入，竟將英宗一擁而去，正是：

滾滾寇氛敢犯駕，堂堂天子竟蒙塵。

未知英宗性命如何，且看下回續敘。

麓川之役，以一隅騷動天下，可已而不已者也。瓦剌入寇，決議親征，張皇六師，亦非無策，較諸麓川之勞師動眾，宜較為有名矣。然王振擅權，威逾人主，公侯以下，俱受制於逆閹之手，幾曾見刑餘腐豎，能殺敵致果者耶？魚朝恩監軍，而九節度皆潰。智勇如郭子儀，且亦在潰散之列。況出塞諸將，不逮子儀遠甚，安在其不敗衄也。唯王振之決意勸駕，實肇自麓川之捷，彼以為麓川可勝，則瓦剌亦何不可勝，設能一戰克

156

敵，則功莫與匹，摔天子且如反掌，遑問張輔、朱勇諸人耶？然天道惡盈，佳兵不祥，古有明徵，矧屬閹豎？樊忠一錘，大快人心，惜乎其為時已晚也。

第三十四回　王驥討平麓川蠻　英宗敗陷土木堡

第三十五回　誅黨奸景帝登極　卻強敵于謙奏功

卻說英宗被虜北去，警報馳達闕下，在京留守諸臣，將信未信，正與郕王議畢軍情，退朝歸第，忽見敗卒纍纍，奔入京城。隨後有蕭維楨、楊善等，亦跟蹌馳來，百官驚問道：「乘輿歸來麼？」蕭、楊統是搖首。百官又問道：「你兩人都隨著乘輿，怎麼你等已歸，乘輿不返？」蕭、楊被他詰住，瞪目不答。經百官再三究詢，才說出乘輿被陷四字。百官忙入報郕王，郕王又轉稟孫太后，那時宮廷鼎沸，男婦徬徨，孫太后、錢皇后等，更哭得似淚人兒一般。至窮究英宗下落，連蕭、楊都不知情。喧攘了好幾日，方接懷來守臣飛章，報稱英宗被留虜廷，已有旨遙索金帛。於是太后蒐括宮中珍寶，載以八駿名馬，皇后錢氏，復添入金珠文綺，遣使詣乜先營，願贖皇帝還京。看官！你想乜先既得了英宗，豈肯輕輕放還？所遺金寶馬匹等物，老實收受，但羈住英宗不放。去使

159

第三十五回　誅黨奸景帝登極　卻強敵于謙奏功

還報太后，太后無法，只好召集群臣，大開會議。侍講徐珵上言道：「京師疲卒羸馬，不滿十萬，倘乜先乘勝進來，如何抵敵？愚意不若且幸南京。」尚書胡道：「我能往，寇亦能往。某隻知固守京師，不宜懼敵南遷。」侍郎于謙道：「哪個敢倡議遷都？如欲南遷，實可斬首。試思京師為天下根本，京師一動，大事去了。北宋南渡，可為殷鑑。請速召勤王兵，誓死固守。」學士陳循道：「於公所言，很是合理。」太監興安大聲道：「京師中有陵廟，如或大眾南去，何人再來守著？徐侍講貪生畏死，不足與議國事，快與我出去！」言固甚當，但太監又來干政，見深甫二歲，令郕王翼輔，詔告天下道：

邇者寇賊肆虐，毒害生靈，皇帝懼憂宗社，不遑寧處，躬率六師問罪。師徒不戒，被留敵廷。神器不可無主，茲於皇庶子三人，選賢與長，立見深為皇太子，正位東宮，仍命郕王為輔，代總國政，撫安百姓，布告天下，咸使聞知。

（特錄此詔，見得太子已定，後來景泰帝擅易，貪私可知。）

郕王祁鈺，既受命輔政，每日臨朝議政，令于謙為兵部尚書，繕修兵甲，固守京城，謙直任不辭。一語已見忠忱。廷臣復交章追劾王振，言振傾危宗社，罪應滅族，

160

若不奉詔,死不敢退。絣王遲疑未決。遲疑何為?指揮馬順,叱群臣道:「王振已死,說他什麼?」這語甫出,惱動了給事中王竑,越班向前,一把抓住王竑,怒目顧視道:「汝仗著王振,倚勢作威,今尚敢來多嘴麼?」馬順還是不服,亦執住王竑,你一拳,我一腳,鬥毆起來。眾官見馬順倔強,都氣得髮豎冠衝,頓時一擁上前,交擊馬順。順雖武夫,奈雙手不敵四拳,竟被眾官拖倒,拳毆足踢,立刻打死。劉球之言驗矣。朝儀大亂,郕王驚避入內,眾復擁入,定要族誅王振。太監金英,傳旨令退,眾又欲摔英,英忙走脫。郕王驚避入內,盡行拿下。鏓奉命即往,不到一時,已把王振家族,率衛卒籍身,于謙搶進一步,扶住郕王,請即降旨,從眾所請。郕王乃令都御史陳鏓,復致擊斃。郕王又欲抽王振家,並將他闔門老幼,盡行拿下。鏓奉命即往,不到一時,已把王振家族,率衛卒籍子王山,一概縛跪庭中,眾官都向他唾罵,呶呶不絕。此時某指揮妾,及振從亦在列否。于謙即傳郕王命令,驅出罪犯,盡行斬訖。至陳鏓籍產覆命,共得金銀六十餘庫,玉盤百座,珊瑚樹六七十株,其他珍玩無算。眾官再請籍振黨,郕王一一允從自彭德清以下各家,次第籍沒。中官郭敬,正自大同逃歸。亦飭令下獄,抄沒家資,眾始拜謝退出。是日事起倉猝,賴謙鎮定。謙排眾翊王,累得袍袖俱裂。既退朝,吏部王直,執謙手道:「朝廷幸賴有公,若如我等老朽,雖多何益?」謙遜謝而散。

第三十五回　誅黨奸景帝登極　卻強敵于謙奏功

話分兩頭，且說也先既虜住英宗，從部下伯顏帖木兒議，好生看待，並欲以女弟嫁給英宗。英宗侍臣，只有校尉袁彬，及譯使吳官童等數人，官童密語英宗道：「也先欲以妹配陛下，殊不可從。陛下為萬乘主，豈可下為胡婿麼？」英宗躊躇半晌，方道：「身被羈縶，不便拒絕，奈何？」官童道：「臣自有言對付。」便往語也先道：「令妹欲配給皇上，足見盛情，但皇上在此，不當野合，須俟車駕還都，厚禮聘迎，方為兩全。」也先乃止。嗣復欲選胡女薦寢，又由官童婉辭道：「留俟他日，為爾妹從嫁，當並以為嬪御。」語頗合體。也先乃不復多言，唯總不肯放還英宗，他事不敢聞命。」也先見楊洪固拒，復擁至大同，堅索金幣。廣寧伯劉安，都督郭登，亦閉城不出，校尉袁彬，用首觸門，大呼接駕，劉安等乃出城見英宗。英宗密語道：「也先聲言歸我，情偽難測，卿等須嚴行戒備。」安等受命，獻上蟒龍袍一襲。英宗轉賜敵目伯顏帖木兒。也先見了劉安，仍索資犒軍。安以金至駕還為約。乃入城蒐括金銀，約得萬餘，送給也先。郭登聞信，語手下親信將弁道：「這是明明欺我呢，不若將計就計，劫還車駕，方為上策。遂募壯士七十餘人，激以忠義，約事成畀他爵祿。士皆踴躍聽命，正擬乘夜出劫，忽報也先擁帝馳去，計遂不行。登乃練兵修械，誓死捍邊，大同賴以保

明廷擢他為總兵官，鎮守大同。又封楊洪為昌平伯，鎮守宣府。唯居庸關一帶，尚屬空虛，由於謙薦舉員外郎羅通，令提督各軍，盡力守禦。乜先見邊備日嚴，恰也不敢進攻，只擁著這位奇貨可居的英宗，往來塞外，所有蘇武廟、李陵碑諸名勝，統去遊覽。行至黑松林，乜先設宴款待英宗，且令自己妻妾，奉觴上壽，歌舞為樂。englische得伯顏夫妻，優禮相待，畢竟身在虜中，事事受制；兼且中外風俗，全然不同，所居的是氈幕韋帳，所食的是羶肉酪漿，狀況淒涼，不勞細述。

唯郕王祁鈺，留守京師，免不得有左右侍臣，慫恿為帝。郕王恰也有意，但一時不便即行。直揭郕王隱衷，並非深刻。會都指揮嶽謙，出使瓦剌，回京後口傳帝旨，令郕王繼統。並無書證，安知非郕王暗中授意？郕王佯為謙讓，廷臣復合辭勸進，俱說車駕北狩，皇太子幼沖，當此憂患危疑的時候，斷不可不立長君，俾安宗社。郕王猶再三固辭，經群臣入奏太后，太后降旨，令郕王即位，郕王方才受命，喜可知也。遙尊英宗為太上皇帝，擇日踐阼。看官記著！這年是正統十四年九月，郕王登基，以次年為景泰元年。後來英宗復辟，復將他削去帝號，仍稱郕王。至憲宗成化十一年，追還尊稱，立廟祭饗，諡為景帝。小子此後，也以景帝相稱，暫稱英宗為上皇，以存實跡。特別表明，俾清眉目。

第三十五回　誅黨奸景帝登極　卻強敵于謙奏功

話休敘煩，且說景帝即位，遣都指揮僉事季鐸，詣上皇所，詳述情事，並致書乜先，亦舉即位事相告。乜先本挾上皇為奇貨，至是聞景帝嗣立，似把上皇置諸度外，不由的失望起來。適有太監喜寧，從上皇北狩，叛附乜先，乜先遂與他商議。喜寧獻計道：「現在紫荊關一帶，守備空虛，不如乘此叩關，詭言奉上皇還京，令守吏開關相迎，我等留下守吏，乘勢入關，直薄京城，京城被攻，定要南遷，燕都可為我有了。」乜先大喜，遂擁上皇至紫荊關，詭傳上皇諭旨，命守備都御史孫澤，都指揮韓青接駕。鬥了一仗，澤敗績被殺。闇人之狡詐如此。乜先直抵關下，不意伏兵驟起，把他困住垓心，兩人衝突不出，自刎而亡。關吏聞主將戰死，立時潰散。乜先率軍入關，長驅東進，京師大震。

明廷赦成山侯王通罪，命為都督，升鴻臚寺卿，楊善為副都御史，協守京城。于謙復請釋放石亨，令總京營兵馬。石亨初守萬全，因土木被圍，勒兵不救，坐逮詔獄。景帝從于謙言，令他帶兵贖罪。獨任謙總督各營，令諸將均歸節制，凡都指揮以下，有不用命，先斬後奏。謙乃召集軍士，約得二十二萬人，列陣九門外。石亨請毋出師，但堅壁以待，謙艴然道：「寇勢張甚，奈何示弱！」乃身先士卒，擐甲出城，自營德勝門，涕泣誓師，期以必死。於是人人感奮，勇氣百倍。可見行軍全在作氣。乜先擁上皇過易

164

州,至良鄉,進次蘆溝橋,沿途無人攔阻,只有父老接駕,進獻茶果羊酒等物。上皇遙為撫慰,一面作書三封,一奉皇太后,一諭諸大臣,進獻茶果羊酒等物。上皇遙喜寧,並囑番使傳語,邀大臣迎駕。番使依詞直達,並齎交上皇三書,當由于謙傳報景帝,帝命通政司參議王復,為右通政,中書舍人趙榮,為太常少卿,出城朝見。喜寧又私語乜先道:「來使官卑,當更易大臣。」乜先點首,遂與王復、趙榮道:「爾皆小官,可速去,當令于謙、石亨、胡、王直等來。若要上皇還駕,除非金帛,萬萬不可。」王復、趙榮,無可答辯,只與上皇遙見一面,便被乜先勒歸。

廷臣尚欲議和,遣人至軍中問謙。謙答道:「今日只知有軍旅,他不敢聞。」乜先待了兩日,不得議和消息,遂縱兵大掠,焚三陵殿寢祭器,自麾勁騎攻德勝門。謙設伏空舍,但遣數百騎誘敵。乜先弟博囉及平章卯那孩,率眾輕進,伏兵從暗處覷著,待敵兵將近,迭用火器擊射,博囉當先受創,倒撞馬下。卯那孩來救博囉,不防火箭射來,正中咽喉,立即斃命。餘眾紛紛逃去。石亨出安定門,來截逃兵,乜先也遣兵接應,兩下裡廝殺起來,亨與從子石彪,各持巨斧,劈入敵陣,敵向西潰走,追至西城,敵復卻而南。乜先乘官軍拒戰,潛襲西直門,都督孫鏜,慌忙迎敵,力斬敵前隊數人,乘勢追逼。乜先驅軍大進,一場混戰,鏜漸覺不支,返身欲趨入城中。給事中程

165

第三十五回　誅黨奸景帝登極　卻強敵于謙奏功

信，閉門不納，只與都督王通、都御史楊善，在城上鼓譟助威，並用槍炮遙擊敵軍。鏜見無歸路，也只好麾軍奮鬥，人人血戰，喊殺連天。正在拚命相持的時候，石亨亦率軍馳到，兩下夾攻，始將也先擊退。也先曾奉上皇居土城，至是退還，為居民所擊，亂投磚石。明將王竑、毛福壽等又至，也先望見旗幟，不敢復前。退至土城數里外，勉強安營。于謙探知上皇未去，命石亨等夜半出兵，往擊也先營，出其不意，擊死萬人。也先復遁。一面召還土皇兵，仍劫上皇西去。謙遣將窮追，令伯顏帖木兒擁著上皇，出紫荊關，自引軍攻居庸關。時已天寒，守將羅通，汲水灌城，水沍成冰，堅而且滑，敵不得近。也先住城下七日，料知城不易攻，只好還師。偏偏羅通追來，三戰三北，傷亡無算，弄得也先神色沮喪，狼狽遁去。也先實是無能。上皇出紫荊關，連日雨雪，跋涉甚艱，虧得袁彬隨侍，晝為執鞭，夜為溫寢。還有蒙古人哈銘，及衛沙狐狸，亦鎮日相隨，侍奉不懈。也先劫上皇至瓦剌部，脫脫不花不甚得手，引眾北歸，見了上皇，也總算以禮相待，別遣使人赴京獻馬，意欲議和。景帝擬卻還馬匹，胡、王直道：「聞脫脫不花，與也先有隙，名雖君臣，陰實猜忌，何妨收受獻物，優待來使，這也是兵法上的反間計呢。」景帝稱善，乃命來使入見，賜他酒饌，並賞金帛及衣服，來使歡謝而

166

去。景帝以乜先退走,京師解嚴,論功行賞,以于謙、石亨,立功最大,封亨為武清侯,加謙少保銜,總督軍務。謙固辭不允,方才受命。既而乜先復遣使來京,仍言欲送上皇還駕,廷臣又主張和議,謙獨毅然道:「社稷為重,君為輕,毋墮敵人狡計。」遂拒絕來使,一面申戒各邊,專力固守,勿為敵愚。復加派尚書石璞守宣府,都御史沈固守大同,都督王通守天壽山,僉都御史王竑昌平,都御史鄒來學,提督京都軍務,平江伯陳豫守臨清,副都御史羅通守山西,此外防邊諸將,概仍原職,暫不變遷。乘著朝廷少暇,尊皇太后孫氏為上聖皇太后,生母賢妃吳氏為皇太后(景帝生母,與英宗異,前文已詳),立妃汪氏為皇后。典禮修明,宮廷慶賀。

過了殘臘,就是景泰元年,乜先復遣兵寇大同。總兵郭登,出師抵禦,師行數十里,始與敵兵相值,登高遙望,敵兵如攢蟻一般,差不多有萬餘名。登手下只有八百騎,眾寡懸殊,免不得各有懼色,遂紛紛稟請還軍。登叱道:「我軍去城將百里,一思退避,人馬疲倦,寇騎來追,還能自全麼?」說至此,拔劍置案道:「敢言退者斬。」此與前文王振意,自覺不同。言下即驅兵前進,徑薄敵營。敵來迎戰,登連發二矢,射斃敵目二人,乘勢躍出,復手刃敵目一人,敵眾披靡。登麾眾繼進,呼聲震天地,嚇得敵眾心驚膽顫,只恨爺娘少生兩腳,逃的不快。一奔一趕,直至栲栳山,復斬首二百餘

第三十五回　誅黨奸景帝登極　卻強敵于謙奏功

級，盡奪所掠而還。自土木敗後，邊將無敢與寇戰，登以八百騎破寇萬人，推為戰功第一。明廷聞他戰捷，封為定襄伯，自是邊將益奮，爭思殺敵。朱謙在宣府得勝，杜忠在偏頭關得勝，王翱在遼東得勝，馬昂在甘州得勝，修城堡，簡精銳，軍氣大振，無懈可擊。還有一椿可喜的事情，那叛閹喜寧，竟被宣府參將楊俊擒送京師，小子也為明廷慶幸，然已是貽誤多多了。因詠有一詩道：

引狼入室由王振，為虎作倀有喜寧。
惡貫滿盈唯一死，誅奸尚恨乏嚴刑。

未知喜寧如何被擒，容至下回宣告。

郕王祁鈺，為英宗介弟，英宗被虜，由皇太后命，立英宗子見深為皇太子，以郕王為輔，是郕王只有攝政之責，監國可也，起而據天位，不可也。于少保忠誠報國，未嘗有分我杯羹之語，而太公得以生還，道貴從權，不得以非孝目之。於公之意，於郕王即位，特別抗議，意者其亦因喪君有君，足以奪敵之所恃乎。昔太公置鼎，漢高是。且誅閹黨，拒南遷，身先士卒，力捍京師，卒之返危為安，轉禍為福，明之不為南宋者，微於公力不及此。其次則即為郭登，於在內，郭在外，乜先雖狡，其何能為？所

168

未懨人心者,第郲王一人而已。書中敘述甚明,褒貶外更有微詞,閱者於此,可以覘筆法矣。

第三十五回　誅黨奸景帝登極　卻強敵于謙奏功

第三十六回

議和餞別上皇還都　希旨陳詞東宮易位

卻說太監喜寧，自叛降乜先後，嘗導他入邊寇掠，且阻上皇南還。上皇恨寧切骨，輒與侍臣袁彬密議，謀殺叛閹，但急切不能下手。彬乃與上皇定一密計，只說遣喜寧還國，索取金帛，一面令衛士高磐，與寧偕行。寧不知是計，忙去通報乜先，願為一往。臨行時，袁彬暗授錦囊，內藏密書，令系髀間，投遞宣府總兵官。磐唯唯從命，即與喜寧就道。不數日即到宣府，參政楊俊，聞上皇遣使到來，即出城迎接，把酒接風。磐已解下錦囊，暗付楊俊。俊託故離座，私下一閱，統已分曉，便潛令軍士，小心伺候。喜寧恰也機警，見楊俊多時不出，防有他變，即立起身來，意欲逃席。不防高磐在旁，竟將他雙手挾住，大呼楊參將快拿逆閹。俊正引兵出來，令數人齊上，似老鷹拖小雞一般，立

171

第三十六回　議和餞別上皇還都　希旨陳詞東宮易位

刻抓去，打入囚車，押送京師。那時還有何幸，自然問成極刑，磔死市曹。死有餘辜。高磬返報上皇，上皇大喜道：「逆閹受誅，我南歸有日了。」當命袁彬轉達乜先，略言喜寧挺撞邊吏，因此被擒，乜先憤憤，便遣兵入寇宣府，與喜寧報仇。偏遇著守將朱謙，縱兵奮擊，殺得他七零八落，大敗而逃。嗣復以奉還上皇為名，轉寇大同。先鋒隊至城下，都仰首叫道：「城內守將，速來迎駕！」定襄伯郭登，料知有詐，俾同鎮將以下，各著朝服出迎，暗中卻令人伏在城上，俟上皇入城，即下閘板，布置就緒，才開城高叫道：「來將既送歸上皇，請令上皇先行，護從隨後。」敵兵諸不理，仍擁著上皇前來。郭登等返入門內，候著乘輿，不意敵兵竟爾停住，遲疑半刻，即奉上皇返奔，疾馳而去。登不便馳出，只好閉城自守罷了。乜先見計又不行，越覺氣沮，悒悒然還至部落，默思明廷已有皇帝，徒挾一廢物，毫無用處，且脫脫不花，與阿拉知院，屢有齟齬，不若與明廷議和，送還上皇，既得市惠，尤可結援。計畫已定，便令阿拉知院，遣參政完者脫歡，借貢馬為名，來入懷來，互商和議。

邊將轉奏朝廷，廷臣擬遣使往報，太監興安出呼群臣道：「公等欲報使，何人堪為富弼、文天祥？」太監又來出頭，然窺他語意，實是希承風旨。尚書王直道：「據汝所

172

言，莫非使上皇陷虜，再為徽、欽不成？」一語直誅其心，且以宋事答宋事，尤不當以彼之矛，攻彼之盾。興安語塞。乃命給事中李實為禮部侍郎，大理寺丞羅綺為少卿，及指揮馬顯等，令齎璽書，往諭瓦特君臣。既而脫脫不花及乜先，先後遣使至京，決計送還上皇。景帝猶豫未決，尚書王直首先上疏，請即遣使往恭迎。胡等又復聯名奏請。景帝乃御文華殿，召群臣會議，且諭道：「朝廷因通和壞事，欲與寇絕，卿等乃屢言和議，是何理由？」王直跪奏道：「上皇蒙塵，理宜迎復。今瓦剌既有意送歸，何不乘此迎駕，免致後悔。」景帝面色頓變，「朕非貪此位，乃卿等強欲立朕，今復出爾反爾，殊為不解。」貪戀帝位，連阿兄俱可忘卻，富貴之誤人大矣哉！眾聞帝言，瞠目不知所答。于謙從容道：「大位已定，何人敢有他議？唯上皇在外，理應奉迎，萬一敵人懷詐，是彼曲我直，我得聲罪致討，何必言和。」景帝顏色少霽，乃對于謙道：「從汝從汝。」帝位不移，自可曲從。乃再擬遣使。右都御史楊善，慨然請行，中書舍人趙榮亦請往，乃命二人為正使，更以都指揮同知王恩，錦衣衛千戶湯胤為副，齎金銀書幣，出都北行。適禮部侍郎李實等南歸，中途相值，實述乜先語，謂迎使夕來，大駕朝發。善額手道：「既如此，我等迎歸上皇便了。」兩下相別，南北分途，實等還京覆命，不消細說。

第三十六回　議和餞別上皇還都　希旨陳詞東宮易位

善以此次出使，絕不虛行，檢閱所齎各物，除金幣外無他賜，乃獨捐資俸，添購各種新奇等件，隨身帶往。既至瓦剌，暫寓客館。館伴田氏亦中國人，留飲帳中。善與語甚歡，即以所齎各物，酌送田氏。田氏甚喜，即入語乜先。越宿，善等與乜先相見，亦大有所遺。乜先亦大喜。善因詰問道：「太上皇帝在位時，貴國遣來貢使，多至二三千人，各有賞給，金幣載途，相待不薄，前後使人，多留京不返，難道非待我太薄麼？」乜先道：「何為削我馬價？且所給幣帛，多半翦裂，恐難為繼；又不忍固拒，所以給價略少。太師試自計算，總給價目，比從前多少何如？至若翦裂幣帛，乃通事所為，朝廷亦時常查考，事發即誅。就是太師貢馬，亦有劣弱，貂裘亦有敝壞，難道是太師本意嗎？且太師貢使，多至三四千人，有為盜的，或犯法的，歸恐得罪，潛自逃去，於我朝無干，我朝亦不欲留他，留他果有何用呢？」乜先聽著，也覺得語語合理，不由的辭色漸和。善又道：「太師一再出兵，攻我邊陲，戮我兵民數十萬，太師部曲，料亦死傷不少，上天好生，太師好殺，難道不要犯天忌麼？今若送還上皇，和好如故，化干戈為玉帛。寧不甚善？」善於詞令，不愧善名。乜先聽了天忌二字，不禁失色。原來乜先虜住上皇，嘗欲加害，一夕正思犯駕，忽天大雷雨，把他乘騎擊死，因此中沮。嗣復見上皇寢幄，

174

每夜有赤光罩住,似龍蟠狀,異謀為之益戢。是補筆。至是聞楊善言,適與所見相符,自然氣餒色恭,當下復問楊善道:「上皇歸國,更臨御否?」善答道:「天位已定,不便再移。」乜先復問道:「中國古時有堯舜,稱為聖主,究竟事實如何?」善答道:「堯把帝位讓舜,今上皇把帝位讓弟,古今固一轍呢。」娓娓動人。乜先益悅服。伯顏帖木兒勸乜先留善,別遣使赴燕京,要求上皇復位。乜先道:「曩令遣大臣來迎,今大臣已至,不應失信。」遂引善見上皇。擇定吉日送上皇啟行。乜先早在營前,設宴祖餞,奉上皇上坐,自率妻妾等奉觴上壽,並彈琵琶侑酒。楊善旁侍,乜先顧善道:「楊御史何不就座?」善口中雖是答應,身子仍植立不動。上皇亦顧善道:「太師要你坐,你何妨就坐?」善復啟道:「君臣禮節,不敢少違。」上皇笑道:「我命你就座罷。」善乃叩頭稱謝,然後坐在偏席,少頃即起。乜先讚道:「中國大臣,確是有理,非我等所敢仰望呢。」當下開樽暢飲。上皇因指日得還,也飲得酪酊大醉,日暮各散歸原營。到了次日,伯顏帖木兒等,也各輪流餞行。越日又餞飲各使,及隨從諸臣。禮畢登程,乜先及部駕南行。乜先預築土台,請上皇登座,自挈妻妾部長,羅拜台下。又越日,上皇才啟長等,送至數十里外,各下馬解脫弓箭戰據,作為獻禮,然後灑淚而別。獨伯顏帖木兒,送上皇至野狐嶺,攜榼進酒,並揮淚道:「上皇去了,不知何日再行相見?」上皇

第三十六回　議和餞別上皇還都　希旨陳詞東宮易位

感他供奉的私惠，一面稱謝，一面也流淚兩行。飲畢，伯顏帖木兒屛去左右，密語上皇侍臣哈銘道：「我等敬事上皇，已閱一年，但願上皇還國，福壽康強，我主人設有緩急，亦得遣人告訴，請轉達上皇，莫忘前情！」哈銘允諾。上皇勸伯顏帖木兒回馬，伯顏帖木兒尚依依不捨，直送出野狐嶺口，重進牛羊等物。上皇攬轡慰藉，彼此又復垂淚，經楊善等促駕南行，才與伯顏帖木兒言別。伯顏帖木兒大哭而歸，如此氣誼，實是難得，想與英宗前生，定有夙緣。仍命麾下頭目，率五百騎護送上皇還京。

這消息早達京城，景帝不能不迎，命禮部具儀以聞。尚書胡𤣭，議定禮節，即日復奏。景帝偏從減省，只命以一輿兩馬，迎上皇入居庸關，待入安定門，方易法駕。給事中劉福，上言禮貴從厚，不宜太薄。景帝道：「朕恐墮寇狡計，所以從簡。且昨得上皇書，曾言禮毋過煩，朕豈得違命？」言不由衷，然已如見其肺肝。群臣不敢再言。會千戶龔遂榮，投書大學士高穀，略言：「上皇為兄，今上為弟，奉迎應用厚禮。且今上亦當避位懇辭，俟上皇固讓，才得受命。唐肅宗故事，可為成法」云云。高穀袖書入朝，與王直等商議。尚書胡𤣭，即欲把原書上呈，都御史王文，獨以為未可。兩下裡方在齟齬，給事中葉盛，已入內面奏，有詔索書。衆等即以書進，且言肅宗迎上皇禮，正可仿行。景帝怒道：「遂榮何人，敢議朝廷得失！」隨傳旨逮問遂榮。遂榮倒也硬朗，自縛

176

詣闕,仍執前詞,竟至下獄坐罪,一係數年,始得脫囚。景帝遣太常少卿許彬至宣府,翰林院侍讀商輅至居庸,迎上皇入京。上皇亦下馬答拜,相持悲泣,各述授受意。遜讓良久,乃送上皇入南宮,下馬載拜。上皇亦下馬答拜,相持悲泣,各述授受意。遜讓良久,乃送上皇入南宮,百官隨入,行朝見禮,隨即下詔大赦。詔詞中有數語道:「禮唯有隆而無替,義則以卑而奉尊,雖未酬復怨之私,庶稍遂厚倫之願。」輕描淡寫了幾句,分明將監國二字,變成篡國,涕泣推遜,無非掩飾耳目,自欺欺人罷了。直書無隱。

上皇自居南宮後,名似尊崇,實同禁錮。閒庭草長,別院螢飛,遇著歲時生誕,並沒有廷臣前來朝賀,雖有胡等上表申請,一概置諸不理。景帝心滋不懌。唯脫脫不花及也先等,頗時時念及上皇,遣人貢獻,上皇每次俱有答禮。景帝心滋不懌,即諭敕也先道:「前日朝廷遣使,未得其人,飛短流長,遂致失好。朕今不復遣,設太師有使,朕當優禮待遇,但人數毋得過多,賞賚乃可從厚,唯太師鑑原,請修舊好,勿違朕意!」這道諭敕,脫不花使人又至,且還所掠招撫使高能等,景帝欲將他拒絕,還是王直等痛陳利害,始款待來使,賜他酒宴。但朝使依然不遣,只令來使齎書還報,算作了事。極寫景帝懊悵情形。

第三十六回　議和餞別上皇還都　希旨陳詞東宮易位

會岷王梗子廣通王徽煠,及弟陽宗王徽焯,以景帝構奪兄位,心中不服,竟煽誘諸苗,頒發偽敕,封苗酋楊文伯等為侯,令糾眾攻武岡州。是時湖廣總督侯璡,與副總兵田禮正,擊破貴州叛苗,俘獲甚眾。楊文伯聞風畏懼,不敢受徽煠私敕,只遣部眾二千名,隨去使蒙能等赴武岡。事被徽煠兄徽焯所聞,急上表呈報。徽煠曾封鎮南王,由景帝頒諭嘉獎,一面發兵拿逮徽煠,禁錮京師,徽焯亦被錮鳳陽,皆廢為庶人。及蒙能等至武岡,兩王已就逮,那時顧命要緊,慌忙竄去,潛入粵西,勾結生苗,自號蒙王,騷擾了好幾年,始由官兵蕩平,這且慢表。

且說景帝迎還上皇,內外無事,苗眾雖有亂耗,亦不日肅清。時已景泰三年,會當盛夏,景帝閒坐宮中,語太監金英道:「東宮誕辰將到了。」英答道:「尚未。」景帝道:「七月初二日,不就是太子生日麼?」英頓首道:「是十一月初二日。」景帝答。看官!你道景帝此言,果是記錯日子麼?他因世子見濟,是七月二日生辰,年已十餘歲,意欲立為太子,可繼帝統,無如兄子見深,已立為青宮,一時不好改換,所以把見濟生辰,充做太子生日,佯作錯誤,試探金英口氣。偏金英據實申陳,好似未明意旨一般。實是以偽應偽。弄得景帝無詞可說,又躊躇了數日,畢竟忍耐不住,再與中官興安等熟商。安初亦頗以為難,經景帝再三諄囑,不得不勉從上命,代為設法,暗中與陳

178

循、高穀、江淵、王一寧、蕭鎡、商輅等，旦夕密議。各人依違兩可，不敢遽決。

事有湊巧，來了一道邊疆的奏章，署名叫做黃，系廣西土目，因平匪有功，得擢為都指揮使。他有庶兄黃綱，曾為思明土知府。綱年老，子鈞襲官，謀奪世職，率領己子及驍悍數千人，夜襲綱家，殺死綱父子，支解屍首，納入甕中，埋諸後圃。總道是無人發洩，誰知綱僕福童竟走告憲司。巡撫李棠，及總兵武毅，聯銜奏聞，有旨嚴捕黃父子。急得沒法，忙遣千戶袁洪，到京行賄，意圖保全性命。當有內監被他賄通，令他奏請易儲。當即倩了名手，繕就奏牘，呈入宮中，由景帝瞧著，其詞道：

太祖百戰以取天下，期傳之萬世。往年上皇輕身禦寇，駕陷北廷，寇至都門，幾喪社稷。不有皇上，臣民誰歸？今且逾二年，皇儲未建，臣恐人心易搖，多言難定，爭奪一萌，禍亂不息。皇上即循遜讓之美，復全天敘之倫，恐事機叵測，反覆靡常，萬一羽翼長養，權勢轉移，委愛子於他人，寄空名於大寶，階除之下，變為寇仇，肘腋之間，自相殘戮，此時悔之晚矣。語語打入景帝心坎。乞與親信大臣，密定大計，以一中外之心，絕覬覦之望，天下幸甚！臣民幸甚！

景帝閱畢，不禁喜慰道：「萬里以外，不料有此忠臣。」兄且可殺，寧知有君。遂下

第三十六回　議和餞別上皇還都　希旨陳詞東宮易位

旨令釋罪,並將原書發交禮部,傳示群臣集議:且命興安齎著金銀,分賜內閣諸學士,每人黃金五十兩,白銀百兩。越日,禮部尚書胡,即召集百官,與議易儲事。王直、于謙以下,各相顧眙愕。都給事中李侃、林聰,及御史朱英,抗言不可,議久未決。太監興安厲聲道:「此事不能不行。如以為未可,請勿署名,何必首鼠兩端?」王振已死,即有興安繼起,何明代之好用閹人耶?眾官不敢再抗,只好唯唯署議。于少保未免模稜。乃由胡復奏,但稱:「陛下膺天明命,中興邦家,緒統相傳,宜歸聖子,黃奏是。」這奏呈入,不到半日,即下旨報可,著禮部具儀,擇吉易儲,一面簡置東宮官。官屬既定,遂立皇子見濟為皇太子,改封故太子見深為沂王,有詔特赦,宮廷宴賀。不料皇后汪氏,偏據著正理,力為諫阻,竟與景帝反目,又鬧出一場廢立的事情。小子有詩詠道:

監國翻成篡國謀,雄心未饜又忮求。
如何異語猶難入,甘把中宮一旦休。

欲知廢后底細,待至下回說明。

歷述瓦剌餞別情狀,見得乜先、伯顏輩,尚有深情,而景帝之不欲迎駕,勉強舉

行，負愧多矣。繼述景帝易儲情形，見得金英、興安輩，實為謀主，而廷臣之相率受賂，婢阿卑鄙，寡恥甚矣。若夫錄楊善之才辯，益所以表其忠，載黃之疏詞，益所以著其譎。外此或抑或揚，從詳從簡，具有微意，有心人吐屬，固非尋常筆述家所得與同日語也。

第三十六回　議和餞別上皇還都　希旨陳詞東宮易位

第三十七回 拒忠諫詔獄濫刑 定密謀奪門復辟

卻說皇后汪氏，性頗剛正，力持大體，唯所生皆女，獨無子嗣，皇子見濟，系杭妃所出，景帝欲立見濟為太子，汪后獨諫阻道：「陛下由監國登基，已算幸遇，千秋萬歲後，應把帝統交還皇姪。況儲位已定，詔告天下，如何可以輕易呢？」景帝不悅，決意易儲。汪氏又復力諫，說至再三，惹得景帝動惱，竟奮然道：「皇子非你所生，所以懷妒得很，不令正位青宮。你不聞宣德故例，胡后無出，甘心讓位，前車具在，未知取法，反且多來饒舌，難道朕要你管麼？」言畢，抽身而起，竟往杭妃宮中去了。汪后遭此訶責，心甚不甘，嗚嗚咽咽的哭了一夜，竟令女官代草一疏，願將后位讓與杭妃景帝順水行舟，自然照准，遂援了宣德廢后的故事，頒告群臣，不待臣工議奏，即將汪后遷入別宮，改冊杭妃為皇后。父作子述，可見貽謀不可不臧。

183

第三十七回　拒忠諫詔獄濫刑　定密謀奪門復辟

且因太監興安,有易儲功,特別寵用。興安素性佞佛,建了一座大隆福寺,費至數十萬,踰年始成,非常閎麗,便面請景帝臨幸。禮部郎中章綸,上章奏阻,鹽運判官楊浩,除官未行,亦直言申奏,景帝乃中輟不行。會御用監阮浪,在南宮服侍上皇,上皇愛他勤敏,賞給鍍金繡袋,及鍍金刀各一件。浪與內使王瑤,甚是親暱,竟將賜物轉贈。賜物安可贈人?阮浪太屬莽浪。王瑤年齡尚輕,並無閱歷,得了繡袋寶刀,欣然佩帶身邊,不意為錦衣指揮盧忠所見,隱為詫異,即邀瑤至家,設酒與飲,閒談甚歡,漸漸問及寶刀繡袋。瑤和盤說出,盧忠索閱一番,不由的計上心來,便假意殷勤,且命妻出為勸酒。瑤不便卻情,並見他妻頗貌美,益覺目眩神痴,酒不醉人人自醉,色不迷人人自迷,不消多時,已將他灌得爛醉,東斜西倒,一步也走不得。忠令人扶瑤起座,就客廳睡下,輕輕的解了金刀繡袋,星夜打點公文,具說阮浪受上皇命,以袋刀結瑤,意圖復辟,瑤自醉中說出,因此飛章上告。景帝震怒,立降嚴旨,將阮浪、王瑤二人,逮繫詔獄,令法司窮究。刑訊了好幾回,浪、瑤不肯誣供,只把實情上訴。瑤此時酒已醒了。盧忠聞著,未免後悔,暗想他二人如此抗直,倘或反坐起來,還當了得,不如往詢卜筮,預占吉凶。患得患失,自是小人情態。遂屏去侍從,獨行至卜者仝寅家。仝寅少瞽,性聰敏,學占驗術,所言多奇中。及與盧忠代卜,得了一個

184

天澤履卦，忠尚未表明實情，寅不禁搖首道：「易言：『履虎尾，咥人凶，』不咥人猶可，咥人則凶。」這一語說出，嚇得盧忠面如土色，勉強答道：「汝試依卦占斷，不必隱諱。」寅復道：「上天下澤為之履，天澤不分，凶象立見。寅笑道：「無怪卦像甚凶，試思今忠見他語語中肯，彷彿似仙人一般，只好說明大略。寅笑道：「無怪卦像甚凶，試思今上與上皇，前為君臣，今為兄弟，天澤素定，豈可紊亂？汝乃欲他叛君背兄，是明明所謂咥人了。此大凶兆，一死且不足贖罪。」大義微言，非江湖賣卜者比。忠聞言大懼，忙求寅替他禳解。寅答道：「獲罪於天，禳解何益？」忠再三哀懇，寅方道：「履道坦坦，幽人貞吉，君能作幽人麼？」忠顫慄道：「我為原訴，何從隱避？」寅想了一會，悄悄與忠附耳，說了幾句，忠才拜謝而去。不數日，忽傳盧忠病狂，在市上行走，滿口胡言，歌哭無常，於是中官王誠，及學士商輅，入白景帝道：「盧忠病風不足信，謫戍廣西，望陛下休聽妄言，致傷大倫！」景帝意始少釋，並逮盧忠下獄。未幾又釋出，謫戍廣西，令他帶罪立功。仍是有意回護。阮浪久錮，王瑤磔死，只他最是晦氣，然亦可為好酒耽色者戒。一場大案，總算化作冰消了。

是年冬月，乜先復遣使至京，賀來年正旦，且貢名馬。尚書王直，請遣使答報，有詔飭兵部議決。于謙道：「去年乜先使來，臣聞他弒主為逆，嘗請發兵討罪，未邀俞

第三十七回　拒忠諫詔獄濫刑　定密謀奪門復辟

允，今反欲遣使答報麼？」原來景泰二年，乜先曾弒主脫脫不花，于謙請討逆復仇，景帝不從，至是乃復阻遣使，竟得罷議。唯脫脫不花被弒情由，亦須補敘明白。先是脫脫不花娶乜先姊，生了一子，乜先欲立以為嗣，脫脫不花未允，且與乜先夙有違言。乜先遂攻脫脫不花，脫脫不花敗走，經乜先追擊，殺死脫脫不花，把他妻孥收沒，自稱監國。至景泰四年，且僭立為汗，復遣使致書，稱大元田盛可汗。田盛二字的音義，與天聖相似，末署添元元年。景帝答書，亦稱他為瓦剌汗。景帝不從于謙之請，左抱右擁，朝歡暮樂，亦是投鼠忌器之意。乜先遂日漸驕恣，且據有脫脫不花的妃妾，害得朝政不理，部眾分解。蛾眉誤國，中外一轍。阿拉院求為太師，乜先不許，且將阿拉二子，盡行殺斃。阿拉大怒，糾眾攻乜先，乜先沉湎酒色，毫不裝置，竟被阿拉拿住，數他三罪道：「漢兒血在汝身，脫脫不花汗血在汝身，烏梁海血亦在汝身。天道好還，今日汝當死。」乜先無詞可答，竟被阿拉一刀，揮作兩段。阿拉欲繼立為汗，忽被韃靼部目孛來殺入，戰敗身死。孛來奪乜先母妻，並玉璽一方，訪得脫脫不花子麻兒可兒，仍擁立為韃靼汗，號稱小王子。自是瓦剌驟衰，韃靼復熾，事見後文，姑且慢表（此段是承前啟後文字）。

且說皇子見濟立為東官，僅閱一年有餘，忽得奇疾，竟致不起。可謂沒福。景帝悲

慟得很，命葬西山，諡為懷獻。禮部郎中章綸，及御史鍾同，以東宮已歿，並無弟兄，不如仍立沂王，藉定人心。湊巧兩人入朝，途中相遇，彼此談至沂王，甚至泣下，遂約定先後上疏，同為前茅，綸為後勁。退朝後，同即抗疏上陳，略云：

父有天下，固當傳之於子。乃者太子薨逝，足知天命有在。今皇儲未建，國本猶虛，臣竊以為上皇之子，即陛下之子，沂王天資厚重，足令宗社有託，伏望擴天地之量，敦友於之仁，擇日具儀，復還儲位，實祖宗無疆之休。臣無任待命之至！

疏入後，景帝心殊不悅，勉強發交禮部，令他議奏。禮部尚書胡等，窺上意旨，料知原奏難行，只把緩議二字，搪塞了事。那時章綸依著原約，因月朔日食，進呈修德弭災十四事，差不多有數千言，內有悖孝悌一條云：

孝悌者百行之本，願陛下退朝後，朝謁兩宮皇太后，修問安視膳之儀。上皇君臨天下，十有四年，是天下之父也。陛下親受冊封，是上皇之臣也。上皇傳位陛下，是以天下讓也。陛下奉為太上皇，是天下之至尊也。陛下宜率群臣，於每月朔望，及歲時節旦，朝見於延安門，以盡尊崇之道，而又復太后於中宮，以正天下之母儀，復皇儲於東宮，以定天下之大本，則孝弟悉敦，和親康樂，治天下不難矣。

第三十七回　拒忠諫詔獄濫刑　定密謀奪門復辟

　　景帝覽到此奏，不禁大怒。時已日暮，宮門上鑰，有旨自門隙中傳出，命錦衣衛執綸下獄。越日，復逮繫鍾同，飭刑部嚴究主使。同、綸兩人，供稱意由己出，並非人授。刑部說他抵賴，盡情拷掠，一連血比三日，語不改供。會大風揚沙，天地晝晦，伸手不辨五指，刑官也害怕起來，方將二人還系獄中，把獄案漸漸緩下。不意南京大理寺少卿廖莊，又遙上奏章，請景帝朝謁上皇，優待上皇諸子。景帝閱未終疏，即擱過一邊。過了一年，莊因事到京，詣東角門朝見，頓觸起景帝舊嫌，說他平時狂妄，飭杖八十，謫為定羌驛丞。可憐這廖莊無辜受災，既受杖傷，還要奔波萬里，辛苦備嘗，正是禍來天上，變出意中。誰要你多嘴？內侍復入白帝前，言罪魁禍首，實自同、綸。景帝乃特取巨梃，交給法司，令就獄中杖同及綸，每人五百下。同竟杖斃，綸死而復甦。景帝乃特取巨梃，交給法司，令就獄中杖同及綸，每人五百下。同竟杖斃，綸死而復甦。景帝仍拘獄中。刑部給事中徐正，揣摩迎合，上言沂王嘗備位儲副，恐被臣民仰戴，不宜久居南宮，應徙置封地，以絕人望。這奏上去，總料是厴愜帝心，足邀寵眷，哪知降旨下來，語語駁斥，謫戍窮邊。該死。自此廷右諸臣，統做了反舌無聲，把建儲事絕不提起。

　　忽忽間已是景泰七年，元宵甫屆，皇后杭氏，竟罹了風寒，起初是寒熱交侵，嗣後變成重症，一到仲春，嗚呼哀哉，景帝又復悼亡，自不消說。其時宮中有個李惜兒，本

188

系江南土娼，流轉京師，姿態妖豔，色藝無雙，都下狹邪子弟，評驚花榜，目為牡丹花。聲譽傳入禁中，為景帝所聞，更令內侍召入，一見傾心，即夕侍寢，備極恩遇。可憐無德的女人，往往因寵生驕，因驕成悍，入宮不過兩三年，與景帝恰反目數次。畢竟龍性難馴，耐不住婦女磨折，一場吵鬧，逐出宮外。未免薄倖。杭皇后本得帝寵，又遭病歿，此外雖有妃嬪數人，僅備小星，沒甚才貌，情懷惻惻，長夜漫漫，教景帝如何度日？當下採選秀女，得了一個麗姝，體態輕盈，身材裊娜，性情容止，都到恰好地位，惹得景帝越瞧越愛，越愛越寵，春風一度，無限歡娛，因她生父姓唐，遂封為唐妃。越半年又晉封貴妃。每遊西苑，必令貴妃乘馬相隨。一日，馬驚妃墮，幾乎受傷。景帝鞭責馬伕，打個半死，別令中官劉茂，揀選良駿，控習以待。又增建御花房，羅致各省奇葩名卉，作為遊賞處所。風流天子，綽約佳人，相對含歡，無夕不共，好一座安樂窩，嘗遍那溫柔味，無如好夢難長，彩雲易散，到了景泰八年元旦，朝賀禮畢，忽覺龍體違和，好幾日不能臨朝。百官問安左順門，太監興安出語道：「公等皆朝廷股肱，不能為社稷計，徒日日問安，有何益處？」眾官語塞，諾諾而退。到了朝房，大眾以興安所言，意在建儲，御史蕭維楨等，擬請復沂王為太子。學士蕭鎡，以沂王既退，不便再立，須另

第三十七回　拒忠諫詔獄濫刑　定密謀奪門復辟

擇元良為嗣。彼此酌定，遂繕好奏摺，呈請立儲。待了數日，方有中旨頒下，謂朕偶有寒疾，當於十七日臨朝，所請著無庸議。眾官見了此旨，又面面相覷，莫名其妙。會將郊祀，帝輿疾出宿齋宮（明代故例，每歲正月大祀天地於南郊）。因病日加劇，勢難親臨，乃召武清侯石亨至榻前，命攝行祀事。

亨見帝病甚，退語都督張，及太監曹吉祥道：「公等欲得功賞麼？」張、曹二人聞言，不禁奇詫起來，便驚問何事？亨密語道：「皇帝病已深了，立太子，何如復上皇。」吉祥躍起道：「石公好計！石公好計！」小人無不好事。亨復道：「此係我一人主見，還須得老成一決。」張道：「商諸太常卿許彬，可好麼？」亨點首稱善。當下同至許彬宅，與商密計。彬矍然道：「這是不世大功，事在速為，可惜我年已老，無能為力，唯意中恰有一人，何不往商？」亨問為誰？彬答道：「便是徐元玉。」亨等喜謝而出。看官道徐元玉是何人？就是當年倡議南遷的徐珵。珵因南遷議，為景帝所薄，久不得遷，他卻詔事大學士陳循，屢託保薦，循果屢登薦牘，景帝見徐珵名，好似一個眼中釘，輒擯不用。循語道：「官家怕見你名，須改易為是。」珵乃易名有貞，別字元玉。無巧不成話，適值黃河決口，屢堙屢圮，循遂運動廷臣，薦舉有貞。景帝果也忘懷，竟擢他為僉都御史，督治黃河。有貞福至心靈，把屢堙屢圮的決口，熔鐵下水，竟得塞住。且疏

190

濬下流，暢達河道，河患遂滅。還京覆命，復邀獎敘，進左副都御史。（追溯徐有貞履歷，要言不煩）。及石亨等到有貞家，說及復辟大計，有貞很是贊成，並云須令南宮知此意。答道：「昨已密達上皇了。」越日為上元節，有貞夜至亨家，復密議了一宵。又越日黃昏，亨等又訪告有貞，謂已得南宮復報，請早定計。有貞至屋後露台上，仰觀天像已畢，即下對亨等道：「紫薇垣已有變象，事在今夕，不可失機。」是否搗鬼？隨又報語道：「如此如此，不患不成。」石亨、張、曹吉祥三人，當即趨出，自去籌備。有貞焚香祝天，默禱一番，隨即與家人訣別道：「事成後功在社稷，共享富貴，否則禍必殺身，除非做鬼回來。」家人攬祛挽留，有貞不顧，揮手竟去。時當三鼓，禁中衛士，因有十七日視朝的旨意，已啟禁門。有貞跟蹌趨入，徑至朝房候著，約歷半時，亨、等率領群從子弟，一擁併入。（依據《天順實錄》，不從《紀事本末》）。是時天色晦冥，星月無光，亨、等左顧右盼，方見有貞，便問道：「事果濟否？」有貞道：「必濟無疑。」此時即不能濟事，亦只好捨命做去。遂率眾薄南宮門，門扃甚固，連叩不應。有貞命眾取巨木至，懸繩於上，用數十人舉木撞門。門右牆垣，陡被震坍，大眾乘隙進去，入謁上皇。上皇時尚未寢，秉燭觀書，見他排闥而入，不覺驚問道：「你等何為？」眾俯伏稱萬歲。上皇道：「莫非請我復位麼？」

第三十七回　拒忠諫詔獄濫刑　定密謀奪門復辟

這事須要審慎。」可見上皇已經接洽。有貞等齊聲道：「人心一致，請陛下速即登輿！」言畢即起，呼兵士舉輿入內。眾兵士遑遽不能舉，有貞等掖著上皇，出坐乘輿，助挽以行。忽見天色明霽，星月皎然，上皇顧問有貞等職名，有貞一一奏對。須臾至東華門，司閽厲聲呵止。上皇亦厲聲道：「我是太上皇，有事入宮，何人敢拒？」司閽聞聲覷視，果然不謬，遂由他進去。直入奉天殿，有貞為導，兩階武士，用鐵爪擊有貞，也虧上皇呵叱，才行退去。時黼座尚在殿隅，由眾推至正中，請上皇下輿登座，一面鳴鐘播鼓，大啟諸門。百官方至朝房，候景帝視朝，聞奉天殿有呼噪聲，呵叱聲，繼而有鐘鼓聲，相率驚駭。驀見有貞出殿，大呼道：「太上皇復位了，眾官何不進謁？」百官聞言益驚，但變出非常，事已至此，何人敢行抗拒？不得已各整衣冠，登殿排班，依次跪伏，三呼萬歲。正是：

冕旒重見當王貴，嵩嶽依然效眾呼。

欲知復辟後事，請看官再閱下回。

景帝居上皇於南宮，情同禁錮，其蔑視上皇也久矣。盧忠假事生風，而阮浪、王瑤，遂致獲罪，至於見濟病歿，杭后隨逝，景帝已無子嗣，亦可返躬愧省，復立沂王，

192

乃猶拒諫飭非，淫刑以逞，奚怪石亨輩之再圖復辟乎？唯景帝病已危篤，神器豈能虛懸？他日立君，舍英宗其將奚屬？石亨希邀功賞，結合徐有貞等，遽為復辟之計，行險僥倖，成亦無名。奪門二字，貽笑千秋，然亦何莫非景帝猜忌之深，始激而成此變也。若乜先弑主之不討，李妓、唐妃之邀寵，猶其餘事，然亦可以見景帝之深心，投鼠而輒忌器，納妾而思毓麟，天不從人，蔑倫者其亦觀此自返乎？

第三十七回　拒忠諫詔獄濫刑　定密謀奪門復辟

第三十八回　于少保沉冤東市　徐有貞充戍南方

卻說景帝方臥疾齋宮，正值殘夢初回。爐香欲燼，忽聞鐘鼓聲喧，來自殿上，不禁驚異起來，忙呼問內侍道：「莫非是于謙不成？」此語頗奇。內侍錯愕未答。既而內監走報，說及南宮復辟事。景帝連聲道：「好！好！好！」說著，氣喘不已，面壁而臥。這邊方獨臥唏噓，那邊正盈廷慶賀，徐有貞復辟功成，即刻受命入閣，參預機務。一面與大學士陳循，草詔諭群臣，日中再正式即位，歷史上復稱英宗。文武百官，再行朝謁，由有貞宣讀諭旨，略稱：「土木一役，乘輿被遮，建立皇儲，並定監國，不意監國挾私，遽攘神器，易皇儲，立己子，皇天不佑，嗣子先亡，殪及己身，遂致沉疾。朕受臣民愛戴，再行踐阼，諮爾臣工，各協心力。」云云。朗讀已畢，群臣頓首聽命。忽又有詔旨傳下，逮少保于謙，大學士王文、陳循、蕭鎡、商輅，

第三十八回　于少保沉冤東市　徐有貞充戍南方

尚書俞士悅、江淵，都督范廣，太監王誠、舒良、王勤、張永下獄。謙等尚列朝班，當由錦衣衛一一牽去錮入獄中。先是石亨為謙所薦，統師破敵，城下一役，亨功不如謙，獨得封侯，未免內愧，乃疏薦謙子冕為千戶。謙上言：「國家多事，臣子不得顧私恩，石亨身為大將，未聞舉一幽隱，乃獨保薦臣子，理亦未協，臣絕不敢以子濫功。」這數語傳入亨耳，未免憤恨。亨從子彪，行為貪暴，又為謙所奏劾，出戍大同，因此亨益怨謙。徐有貞嘗求官祭酒，謙嘗為功首，正好藉此報復，卒不得用。有貞疑謙未肯盡力，亦生怨隙。及英宗復辟，兩人得為功首，正好藉此報復，遂誣稱于謙、王文，欲迎立襄王瞻墡（瞻墡系仁宗第五子，曾見三十一回中），應即下獄懲罪。英宗正感念二臣，自然言聽計從，不待群臣退朝，即將數人拿下。越日，即飭令徐有貞等訊究。王文、于謙，自然陳循、蕭鎡、商輅等，從前嘗傾向景帝，罪有所歸，亦難寬貸。有貞道：「事尚未成，自無實跡，但心已可誅，應當定罪。」說至此，文復抗聲道：「犯罪必須證據，天下有逆揣人心，不分虛實，遂可陷人死地麼？」辭色俱厲。謙顧語王文道：「石亨等報復私仇，定欲我等速死，雖辯何益？」都御史蕭維楨在座，也插口道：「於公可謂明白。事出朝廷，承也是死，不府兵部二處，可以查驗，何得無故冤人？」有貞道：「迎立外藩，須有金牌符信，遣人必用馬牌，究竟有無此事？」內獄對簿，文抗辯道：「迎立外藩，須有金牌符信，遣人必用馬牌，究竟有無此事》內

承也是死。」專制之世，方有是語。當下將謙、文等還系詔獄，即由徐有貞、蕭維楨諸人，以意欲二字，鍛鍊成詞，倉猝入奏，英宗猶豫未忍道：「于謙實有功，不應加刑。」有貞攘臂直前道：「不殺于謙，今日事有何名譽？」殺了于謙，難道便有大名麼？英宗乃詔令棄市。臨刑這一日，愁雲慘霧，蔽滿天空，道旁人民，莫不泣下。嶽王之死，稱為三字獄，于少保之死，可稱為二字獄。太后聞謙死，亦嗟悼累日。曹吉祥麾下，有一指揮名朵耳（亦作多喇）親攜酒醴，哭奠于謙死所。吉祥聞知，把他痛打一頓，次日復哭奠如故，吉祥亦無可奈何。謙妻子坐罪戍邊，當錦衣衛查抄時，家無餘資，只有正屋一間，封甚固，啟門查驗，都系御賜物件，連查抄的官吏，也為涕零。都督同知陳逵收謙遺骸，歸葬杭州西湖，後人稱為于少保墓。每年紅男綠女，至墓前拜禱，絡繹不絕。相傳祈夢甚靈，大約是忠魂未泯的緣故，這也不在話下。

且說謙、文既死，太監舒良、張永、王勤等，一併就刑。陳循、俞士悅、江淵謫戍。蕭鏓、商輅削職為民。范廣與張有嫌，復遭刑戮。復瀽殺前昌平侯楊俊，以俊在宣府時，不納英宗，所以坐罪。嗣入朝，途中猝得暴疾，舁歸家中，滿身青黑，呼號而死。或謂范廣為祟，或謂楊俊索命，事屬渺茫，難以定論。唯敘功論賞時，得封太平侯，貴顯不過月餘，即致暴斃，真所謂過眼浮雲，不必欣羨呢。得保首

第三十八回　于少保沉冤東市　徐有貞充戍南方

領，還算幸事。其時石亨得封忠國公，張弟，得封文安侯，都御史楊善封興濟伯，石彪封定遠伯，充大同副總兵。徐有貞晉職兵部尚書，曹吉祥等，予襲錦衣衛世職，袁彬為錦衣衛指揮同知，出禮部郎中章綸於獄，授禮部侍郎，召廖莊於定羌驛，給還大理寺少卿原官，追贈故御史鍾同，大理寺左丞，賜諡「恭愍」，並令一子襲蔭，大家歡躍得很。唯有貞意尚未足，常向石亨道：「願得冠側注從兄後。」（側注系武弁冠名。）石亨為白帝前，乃晉封武功伯，嗣復錄奪門功臣，封孫鏜為懷寧伯，董興為海寧伯，此外加爵晉級，共三千餘人。一朝天子一朝臣，尚書王直、胡濙，及學士高穀，均見機乞歸，英宗命吏部侍郎李賢，太常寺卿許彬，前大理寺少卿薛瑄，入閣辦事。一面改景泰八年為天順元年，大赦天下。復稱奉太后誥諭，廢景泰帝仍為郕王，送歸西內。太后吳氏，復號宣廟賢妃，削皇后杭氏位號，改稱懷獻太子為懷獻世子。欽天監正湯序，且請革除景泰年號，總算不允。未幾郕王病歿，年僅三十，英宗命毀所營壽陵，改葬金山，與夭殤諸王墳，同瘞一處，且令郕王妃嬪殉葬。唐妃痛哭一場，當即自盡。畢竟紅顏命薄。被廢的汪妃，曾居別宮，至是亦欲令殉葬，侍郎李賢道：「汪妃已遭幽廢，所生兩女，幼小，情尤可憫，請陛下收回成命。」皇子見深，此時已屆十齡，粗有知識，備陳汪后被廢，由諫阻易儲事。英宗乃免令殉葬，尋復立見深為太子。太子請遷汪妃出宮，安居

198

舊邸，所有私蓄，盡行攜去。既而英宗檢查內帑，記有玉玲瓏一物，少時曾佩繫腰間，推為珍品，屢覓無著，當問太監劉桓，桓言景帝曾取去，想由汪妃收拾，乃遣使向妃索歸，只稱無著。再三往索，終不肯繳。左右勸妃出還，妃憤憤道：「故帝雖廢，亦嘗做了七年天子，難道這區區玉件，也不堪消受麼？我已投入井中去了。」英宗因此啣恨。後有人言汪妃出攜甚多，又由錦衣衛奉旨往取，得銀二十萬兩，他物稱是。可憐這汪妃身畔，弄得刮垢磨光，還虧太子見深，唸著舊情，時去顧問，太子母周貴妃，與汪妃素來投契，亦隨時邀她入宮，敘家人禮，汪妃方得幸保餘生，延至武宗正德元年，壽終舊邸。這是守正的好處。汪妃葬用妃禮，祭用后禮，合葬金山，追諡為景皇后，修繕陵寢，祭饗與前帝相同。郕王於成化十一年，仍復帝號，追諡曰景，這都是後話不題。

單說襄王瞻墡，就封長沙，資望最崇，素有令譽。英宗北狩，孫太后意欲迎立，曾命取襄國金符，已而不果。襄王卻上書太后，請立太子，命郕王監國。及英宗還都，襄王又上書景帝，宜朝夕省問，朔望率群臣朝謁，毋忘恭順等語。英宗全然未知。復辟以後，信了徐有貞、石亨讒言，誣衊于謙、王文，且疑襄王或有異圖，嗣檢得襄王所上二書，不禁涕淚交下，忙賜書召他入敘。有二書俱在，始信金縢等語（金縢系周公故事。）襄王乃馳驛入朝，賜宴便殿，慰勞有加。且命添設護衛，代營壽藏。至襄王辭

第三十八回　于少保沉冤東市　徐有貞充戍南方

歸，英宗親送至午門外，握手泣別。襄王逡巡再拜，伏地不起。英宗銜淚道：「叔父尚有何言？」襄王頓首答道：「萬方望治，不啻饑渴，願省刑薄斂，馴致治平。」敢拜昌言。英宗拱手稱謝道：「叔父良言，謹當受教。」襄王乃起身辭行。英宗依依不捨，待至襄王行出端門，目不及見，才怏怏回宮。自是頗悔殺謙、文，漸疏徐、石。曉得遲了。

石亨自恃功高，每事輒攬權恣肆，嗣被英宗稍稍裁抑，心知有異，遂與曹吉祥朋比為奸，倚作臂助。獨徐有貞窺伺帝意，覺得石亨邀寵，漸不如前，不得不微為表異，要結主眷，以此曹、石自為一黨，與有貞貌合神離。凶終隙末，小人常態。可巧英宗與有貞密語，被內豎竊聽明白，報知曹吉祥。吉祥見了英宗，卻故意漏洩出來，引得英宗驚問，只說是有貞相告，英宗遂益疏有貞。會曹、石二人，強奪河間民田，御史楊瑄列狀以聞，英宗稱為賢御史，將加重用。吉祥大懼，忙至英宗前哭訴，說是楊瑄誣妄，應即反坐罪名，英宗不許，繼而彗星示儆，掌道御史張鵬、周斌等，約齊同僚，擬交章請懲曹、石，挽回天變。事為給事中王鉉所聞，密達石亨。亨急轉告吉祥，同至英宗前，磕頭無算。英宗不禁大訝，問明情由。曹、石齊聲奏道：「御史張鵬，為已誅太監張永從子，聞將為永報仇，結黨構釁，陷害臣等。臣等受皇上厚恩，乞賜骸骨，雖死不忘。」說至此，又嗚嗚咽咽的哭將起來。虧他裝詐。英宗道：「陷害不陷害，有朕作主，張鵬

200

何能死人？卿等且退！朕自留心便了。」兩人拜謝而出。

隔了一宵，果然彈章上陳，痛詆曹、石，為首署名的便是張鵬，次為周斌，又次為各道御史，連楊瑄也是列名。英宗閱未終章，便出御文華殿，按著奏疏上的名氏，一一召入，擲下原奏，令他自讀，明白復陳。斌且讀且對，神色自若，讀至冒功濫賞等語，英宗詰問道：「曹、石等率眾迎駕，具有大功，朝廷論功行賞，何冒何濫？」斌答道：「當時迎駕，止數百人，光祿寺頒賜酒饌，名冊具在，今超遷至數千人，不得謂非冒非濫。就使明明迎駕，也是貪天功為己有，怎得無端恣肆呢？」這數語理直氣壯，說得英宗無詞可答，但總不肯認錯，仍命將瑄、鵬諸人，一律下獄。所謂言莫予違、刑官等討好曹、石，榜掠備至，責問主使，詞連都御史耿九疇、羅綺，亦逮繫獄。石亨、曹吉祥，意欲乘此機會，一網打盡，復入陳御史糾彈，導自閣臣，徐有貞、李賢等有此大膽，誑奏朝廷。英宗聞言益憤，索性將徐有貞、李賢兩人，陰為主謀，所以瑄、鵬等有此大膽，誑奏朝廷。欽天監正湯序，本系亨黨，至是亦上言天門角，連正陽門下的馬牌，都飛擲郊外。石亨家內，電掣雷轟，下雹如雞卵，擊毀奉天門，連正陽門下的馬牌，都飛擲郊外。石亨家內，電掣雷轟，下雹如雞卵，擊毀奉天折，鬧得人人震恐，個個驚慌。大約是天開眼。英宗乃釋放罪囚，出徐有貞為廣東參政，李賢天象示儆，應恤刑獄。我謂其膽小如鼷。

第三十八回　于少保沉冤東市　徐有貞充戍南方

為福建參政，羅綺為廣西參政，耿九疇為江西布政使，周斌等十二人為知縣。楊瑄、張鵬成邊衛。別命通政使參議呂原，及翰林院修撰嶽正，入閣參預機務。尚書王翱，以李賢無辜被累，奏請留京，英宗亦頗重賢，乃從翱所請，並復原官，尋又擢為吏部尚書。

曹、石見李賢復用，很是懊喪，適值內閣中有匿名書帖，謗斥朝政，為曹、石二人聞知，遂奏請懸賞查緝。嶽正入奏道：「為政有禮，盜賊責兵部，奸宄責法司，哪有堂堂天子，懸賞購奸的道理？且急則愈匿，緩則自露，請陛下詳察。」是極。英宗稱善，不復深究。既而正復密奏英宗，言：「曹、石二人，威權過重，恐非皇上保全功臣的至意。」英宗道：「卿為朕轉告兩人。」正遂往語曹、石，曹、石復入內跪泣，溫言勸慰，一面責正漏言。既要他轉告，又責他漏言，英宗之昏庸可知。正對道：「曹、石二家，必將以背叛滅族，臣體陛下微言，令他自戢，隱欲保全，他尚未識好歹麼？」此語太激烈了。英宗默然無言。曹、石二人聞著，愈加忿恨。會承天門災，命正草罪己詔，正歷陳時政過失，曹、石遂構造蜚語，謂正賣直訕上，得旨貶正為欽州同知。正入閣僅二十八日，既被謫，道過本籍漷縣，入家省母，留住月餘，復為尚書陳汝言所劾，逮繫詔獄，杖戍肅州。嶽正去後，曹、石又追究匿名書，誣指徐有貞所為，英宗也不遑細察，竟

202

令將有貞拿還，下獄撈治，終無供據。曹、石復入奏英宗道：「有貞嘗自撰武功伯券，辭云：『纘禹武功，禹受舜禪。』」武功為曹操始封，有貞覬覦非分，罪當棄市。」捕風捉影，何其回測。英宗遲疑半晌，令二人退出，轉詢法司馬士權。士權道：「有貞即有匿謀，亦不至自撰詬券，敗露機關呢。」英宗方才省悟，乃命有貞免死，發金齒為民，後來石亨伏法，有貞得釋歸田里，放浪山水間，十餘年乃死（了結有貞，然比曹、石之誅，得毋較勝）。禮部侍郎薛瑄，見曹、石用事，喟然道：「君子見機而作，不俟終日，還欲在此何為？」遂乞歸引去。江西處士吳與弼，由李賢疏薦，被徵入朝，授為左諭德，與弼固辭。居京二月，託辭老病，亦引歸。英宗尚為故太監王振立祠，封曹吉祥養子欽為昭武伯，寵幸中涓，始終未悟。唯有一事少快人心，看官道是何事？乃是釋建庶人文圭於獄。文圭系建文帝少子，被系時年僅二齡（見二十六回），至是始得釋出，令居鳳陽，賜室宇奴婢，月給薪米，並聽婚娶出入。時文圭年已五十七，出見牛馬，尚不能識。未幾即病歿。小子有詩詠道：

王道由來不罪孥，乳兒幽禁有何辜？

殘年始得瞻天日，牛馬未知且亂呼。

第三十八回　于少保沉冤東市　徐有貞充戍南方

欲知後事如何，且俟下回續敘。

英宗復辟以後，被殺者不止一于少保，而于少保之因忠被讒，尤為可痛。曹、石專恣以來，被擠者不止一徐有貞，而徐有貞之同黨相戕，尤為可戒。于少保君子也，君子不容於小人，小人固可畏矣。徐有貞小人也，小人不容於小人，小人愈可憫也。故前回前半篇，以于少保為主，後半篇以徐有貞為主。與于少保同時就戮，及徐有貞同時被謫者，雖不一而足，要皆主中賓耳。標目之僅及于少保、徐有貞，可以知用意之所在矣。

第三十九回

發逆謀曹石覆宗　上徽號李彭抗議

卻說兵部尚書陳汝言，與曹、石通同一氣，平時甚趨奉曹、石，因得由郎中遷擢尚書，自是勾結邊將，隱樹爪牙，漸漸的威福自專，看得曹、石二人，平淡無奇，不肯照前巴結，且暗把曹、石過惡，入奏帝前。看官！你想這曹、石二人，靠了徐有貞的密計，得封高爵，後來還要排陷有貞，況陳汝言由他提拔，偏似狂狗反噬，如何不氣？如何不惱？一報還一報，何必懊恨？當下囑使言官，奏劾汝言貪險情形，即蒙准奏，把汝言逮獄，查抄家產，不下數十百萬。英宗命將抄出財物，悉陳入內廡下，召石亨等入視，並勃然道：「于謙仕景泰朝，何等優遇？到了身死籍沒，並無餘物。汝言在位，不過一年，所有財物，多至如此，若非貪贓受賄，是從哪裡得來？」言下復連呼道：「好于謙！好于謙！」亨等自覺心虛，不敢回答，只是垂頭喪氣，逼出了一身

205

第三十九回　發逆謀曹石覆宗　上徽號李彭抗議

冷汗。英宗含怒而入，亨等掃興而出。

既而韃靼部頭目孛來（見三十六回），入犯安邊營。由大同總兵定遠伯石彪，率眾奮擊，連敗敵眾，斬馘數百，獲馬駝牛羊二萬餘，遣使報捷。英宗依功行賞，進彪為侯。彪為亨姪，亨既封公，彪又封侯，一門鼎盛，表裡為奸，那時權力越大，氣焰越盛，無論內外官吏，統要向他叔姪前巴結討好，才得保全官職。只是天下事盛極必衰，滿極必覆，饒你如何顯榮，結果是同歸於盡。爭權奪利者聽之！石彪縱恣異常，免不得有人密奏，激動帝怒，遂有旨召彪還朝。彪貪戀權位，陰使千戶王斌等，詣闕乞留。英宗料知有詐，收斌等入獄，嚴刑拷問，果得實情，即飛飭石彪速歸。彪既到京，立刻廷訊，並令王斌等對質，更供出他種種不法，藏有龍衣蟒服，違式寢床等情。還有一樁最大的要件，乃是英宗歸國，孛先曾遵著前約（前約見三十五回），送女弟至大同，託石彪轉獻京師，彪見女姿色可人，佯為應允，暗中恰用強占住，自行消受。所以有違式寢床。其時英宗尚居南宮，內外隔絕，哪知此事？孛先也不遑問及，後來復為阿拉所殺，越覺死無對證，誰料天網恢恢，疏而不漏，竟被王斌等說明情偽，無從抵賴，於是英宗大怒，奪他未婚妻，安得不怒。置彪獄中。

206

石亨急得沒法，只好上章待罪，請盡削弟姪官爵，放歸田里，有旨不許。至法司再三鞫彪，辭連石亨，因交章劾亨恣肆，應置重典，於是勒亨歸第，罷絕朝參。且召李賢入問道：「石亨當日有奪門功，朕欲稍從寬宥，卿意以為何如？」賢答道：「陛下尚以奪門二字，為美名麼？須知天位係陛下固有，謂為迎駕則可，謂為奪門則不可。奪即非順，如何示後？當日算僥倖成功，亨等死不足惜，不審置陛下何地。」入情入理。英宗徐徐點首。賢又道：「若景泰果不起，群臣表請復位，豈不名正言順？亨等雖欲升賞，何從邀功？而且老成耆舊，依然在職，何至有殺戮黜陟等事，致干天象？就是亨等亦無從貪濫。國家太平氣象，豈不益盛？今為此輩冒功受官諸人，得四千餘名，一律黜革，朝署為清。」及賢退後，詔令此後章奏，勿用奪門字樣，並飭查冒功受官諸人，得八百的謠傳。朱是朱詮，龍是龍文，兩人都賂亨得官，所以有此傳言。時人有朱三千龍也奔走石亨門下，鑽營賄託，因得保舉。至石彪得罪，石亨被嫌，果遂獨上一本，備陳石亨招權納賄等情。想是可惜銀錢，否則爾以賄來，如何劾人？英宗嘉他忠誠，遂令伺亨行動。他恐石亨復用，勢且報復，遂專心偵察。也是石亨命運該絕，有一家人為亨所

先是石亨得勢，賣官鬻爵，每以納賄多寡，作授職高下的比例。

第三十九回　發逆謀曹石覆宗　上徽號李彭抗議

叱，遂將亨怨望情形，密告逯杲。適值天順四年正月，彗星復現，日外有暈，杲遂上書奏變，說是石亨怨望日甚，與從孫石俊等，謀為不軌，宜趕緊治罪。英宗覽奏，亟頒示閣臣。閣臣希旨承顏，自然說應正法。那時石亨無路可走，只得束手受縛，就係獄中。獄吏冷嘲熱諷，朝拷暮逼，所謂打落水狗，害得石亨受苦不堪，活活的氣悶死了。石亨一死，石彪的頭顱，哪裡還保得住？一道詔旨，將他斬首。兩家財產，盡行充公。何苦作威作福，唯乜先的妹子，不知如何下落？

一波未平，一波又起，太監曹吉祥，懷著兔死狐悲的想頭，恐自己亦遭波及，不得不先行防備。他在正統年間，嘗出監軍，輒選壯士隸帳下。及歸，仍將壯士蓄養家中，所以家多藏甲。養子欽得封昭武伯，手下亦多武弁。至是復招集死黨，作為羽翼。千戶馮益，曾與往來，欽嘗問益道：「古來有宦官子弟，得為天子麼？」益答道：「君家魏武帝，便是中官曹節後人。」欽大喜，留益宴飲，醉後忘形，密談衷曲，且令他嬌嬌滴滴的妻妾，出侍廳中，與益把盞。不怕作元緒公耶？益擅口辯，且滔滔不絕，滿口恭維，說得曹欽心花怒開，不啻身居九重，連他嬌妻美妾，也吃吃痴笑，好幾張櫻桃小口，都合不攏來。涉筆成趣。等到酒闌席散，益又說是相機而行，幸勿躁率，欽連聲稱是，囑益祕密。益自然從命，所以一時未曾舉動，也未曾洩漏。

208

倏忽間又是一年，韃靼部頭目孛來等，分道入寇，攻掠山陝甘肅邊境。明廷正擬遣尚書馬昂，及懷寧伯孫鏜，督軍往討。兵尚未發，孫鏜等留待京中。英宗注意軍務，日夕閱奏，忽見了一本奏章，乃是諸御史交劾曹欽，說他擅動私刑，鞭斃家人曹福來。心下一動，隨即提起筆來，批了數語，大旨以朝廷法律，不得濫用，大小臣工，俱應懍遵。曹欽擅斃家人，殊屬不合，當澈底查究云云。批好後，即將原奏頒發。一面令指逯杲按治，毋得徇情。曹欽聞知此事，不禁驚愕道：「去年降敕捕石將軍，今番輪著我了。若不早圖，難免大禍。」禍已臨頭，早圖何益？當下邀請馮益等，密謀大事。欽天監正湯序，亦在座中，報稱七月二日，發遣西征師，禁城早闢，此時正可設法。馮益大喜道：「機會到了，機會到了。」要殺頭了。曹欽忙問良策，益答道：「請伯爵密達義父，約他於朝日夜間，潛集禁兵，準備內應，伯爵號召徒眾，從外攻入，內外合力，何患不成？」欽喜道：「極好極好。我兵入殿，即可廢帝，事成後，請馮先生為軍師，可好麼？」想是做夢。益稱謝不盡。

計劃已定，過了數夕，便是七月朔日，召黨人夜宴，專待夜半行事。指揮馬亮，曾與謀在座，酒過數巡，猛然觸起心事，默唸事若不成，罪至滅族，不若出首為是，遂逃席而去。奔入朝房，巧遇恭順侯吳瑾，在朝值宿，竟一一告知。吳瑾大驚道：「有這

第三十九回　發逆謀曹石覆宗　上徽號李彭抗議

般事麼？懷寧伯孫鏜，明日辭行，今夜亦留宿朝堂。英宗得了此疏，我去通報他便了。」言已，疾趨出室，往語孫鏜。鏜急草疏數語，從大內門隙塞入。是時曹欽尚未及覺，馬亮逃席，尚且未曉，還能敕皇城及京師九門，勿得遽啟。鏜急草疏數語，並帶了家將，及弟鐸三人，跨馬而出，直奔長安門。見門成大事麼？乘著數分酒興，即轉身馳至逯杲家。杲方欲入朝，啟門出來，突遇曹欽兄弟，手局如故，料知事洩，欽斬下杲首，持奔西朝房，見御史寇深待朝，復一刀殺死了他。起刀落，斃於非命。轉入西朝房，正與吏部尚書李賢相遇，賢不及趨避，被欽手下家將，擊傷左耳。幸欽在後喝住，並握賢手道：「公係好人，我今日為此事，實由逯杲激變，並非出我本心，煩公代為奏辯！」情願不做皇帝了。賢尚在驚疑，那曹欽竟擲下一個首級，大聲道：「你可看是逯杲麼？」一面說，一面走入朝房，見尚書王翱，亦在內坐著，便不分皂白，上前擊縛。賢忙趨入道：「君不要這般莽撞！我與王公聯銜入奏，保你無罪，何如？」欽大喜，乃釋翱縛，當由賢索筆繕疏，模模糊糊的寫了數語，交與曹欽。欽攜疏至長安門，從門隙投疏。門堅密，疏不得入，便令家將縱火焚門。守門兵士，拆卸御河磚石，將門緊緊堵住，一時燒不進去。欽等只在門外呼噪，聲徹宮中。懷寧伯孫鏜，看調兵不及，急語長次二子，令在長安門外，大呼有賊謀反。霎時間集得西征軍二千人，奮擊曹

210

欽。工部尚書趙榮，亦披甲躍馬，高呼殺賊有賞，也集得數百人。兩邊夾攻，欽等料難成功，且戰且走。這時候天色大明，恭順侯吳瑾，率五六騎出觀，猝與賊遇，力戰而死。尚書馬昂，及會昌侯孫繼宗，率兵陸續到來，才把欽兵殺死過半。欽弟、鐸等，都被擊斃。天又大雨，欽狼狽奔歸，投入井中。官軍一齊追至，殺入欽家，不論男女長幼，統賞他一碗刀頭面。曹欽妻妾想做后妃，不意變作這般結果。須臾英宗臨朝，嗣至井中找尋，方見欽已溺斃，當將屍首撈出，拖至市曹，專待旨下。只不見逆賊曹欽，眾官入奏，即命將曹吉祥綁赴市中，與曹欽兄弟四人屍首，一古腦兒聚在一處，魚鱗寸割，萬剮凌遲。極言重刑，為閱者一快。於是晉封孫鏜為侯，馬昂、李賢、王翱，並加太子少保，馬亮告叛有功，擢為都督，將士等升賞有差。追封吳瑾梁國公，贈寇深少保，與欽同謀，盡問成死罪，先後伏誅。所有曹氏的親黨，擒賊詔示天下。曹、石兩家，從此殄滅了。

且說內變暫定，西征軍暫不出發，留衛京師，怎奈西北警報，日有數起，乃命都督馮宗充，及兵部侍郎白圭，代馬昂、孫鏜等職，統軍西行，屢戰獲勝。孛來欲大舉入犯，會韃靼汗麻兒可兒，與孛來仍然未協，彼此仇殺無虛日，因此孛來不能如願，只好上書乞和。英宗遣指揮使唐昇，齎敕往諭。孛來乃允歲貢方物，總算暫時羈縻罷

211

第三十九回　發逆謀曹石覆宗　上徽號李彭抗議

了（看似插敘之筆，實與前後統有關係，閱者幸勿錯過）。會粵西苗瑤作亂，據住大藤峽，出掠民間，由都督僉事顏彪，奉旨往剿，連破七百餘寨，瘰勢稍平（為後文韓雍徵張本）。英宗以內外平靖，免不得久勞思逸，便大興土木，增築西苑，殿閣亭台，添造無數。除奉太后遊覽，及率妃嬪等臨幸外，亦嘗召文武大臣往遊，並賜筵宴。且於南宮舊居，亦增置殿宇，雜植四方所貢奇花異樹，備極工雅。每當春暖花開，命中貴及內閣儒臣，隨往玩賞，賜果瀹茗，把酒吟詩，彷彿與宣德年間，差不多的快活。怎奈光陰易過，好景難留，太后孫氏於天順六年告崩。至天順八年正月，英宗亦罹疾，臥病文華殿。適有內侍讒間太子，乃密召李賢入內，告明一切。賢伏地頓首道：「太子仁孝，必無他過，願陛下勿信邇言。」英宗道：「依卿所說，定須傳位太子麼？」賢又頓首道：「宗社幸甚！國家幸甚！」英宗蹶然起床，立宣太子入殿。賢扶太子令謝，太子跪持上足，涕淚交下。英宗亦為感泣。父子唏噓一會，方才別去。越數日，英宗駕崩，享年三十八，遺詔罷宮妃殉葬，太子見深嗣位，尊諡皇考為英宗，以明年為成化元年，是謂憲宗皇帝。

當下議上兩宮尊號，又惹起一番爭論。原來英宗后錢氏無子，太子見深，系周貴妃所出，英宗雅重錢后，嘗欲加封后族，后輒遜謝，因此后家未聞邀封。英宗北狩，錢后

212

傾貲送給，每夜哀泣籲天，倦即臥地，致折一股，並損一目。英宗還國，幽居南宮，行止不得自由，時常煩悶，虧得錢后隨時勸慰，方能釋憂。明多賢后，錢后亦算一人。至復辟後，太監蔣冕，入白太后，謂周貴妃有子，當升立為后，語為英宗所聞，錢后將蔣冕斥出。及孫太后崩逝，錢后復追述太后故事，且為胡廢后白冤（應三十二回）。英宗始知非孫后所生，且追上胡廢后尊諡，稱為恭讓皇后。錢后弟欽鐘，殉土木難，英宗欲封其子雄，后又固辭，有此種種賢德，遂令英宗敬愛有加。到龍體彌留時，尚顧命李賢，說是錢后千秋萬歲後，應與朕同葬。李賢將遺言恭錄，藏置閣中。憲宗即位，周貴妃密囑太監夏時，令運動閣臣獨立自己為太后。李賢力爭道：「口血未乾，何得遽違遺命？」夏時道：「先帝在日，不嘗尊生母為太后。難道治命尚不可從？」學士彭時道：「胡太后以讓位故，所以遲上尊號，今錢皇后名位具在，未嘗讓去，怎得照辦？」夏時道：「錢皇后亦無子嗣，何妨就草讓表。」彭時道：「先帝時未曾行此，我輩身為臣子，乃敢迫太后讓位麼？」夏時厲聲道：「公等敢有貳心麼？難道不怕受罪？」情理上說不過去，便乃狐假虎威，小人之無忌憚如此。彭時拱手面天道：「太祖太宗，神靈在上，敢有貳心，不受顯誅，亦遭冥殛。試思錢皇后不育，何所規利，必與之爭，不過皇上當以孝治人，豈有尊

第三十九回　發逆謀曹石覆宗　上徽號李彭抗議

生母，不尊嫡母的道理？」說至此，李賢復插入道：「兩宮並尊，理所當然，彭學士言甚是，應請照此覆命。」夏時不能與辯，負氣徑去。尋由中官覃包，奉諭至閣，命草兩宮並尊詔旨。彭時又道：「兩宮並尊，太無分別，應請於錢太后尊號，加入正宮二字，方便稱呼。」覃包再去請命，未幾即傳諭准議，乃尊皇后錢氏為正宮慈懿皇太后，貴妃周氏為皇太后。草詔既定，包潛語李賢道：「上意原是如此，因為周太后所迫，不敢自主，若非公等力爭，幾誤大事。」言已，持草詔去訖。越宿頒下詔旨，擇日進兩宮太后冊寶，小子有詩詠道：

嫡庶那堪議並尊，只因子貴作同論。
若非當日名臣在，一線綱常不復存。

兩宮既上尊號，未知後事如何，請看官再閱下回。

石亨怨望，尚只憑家人數語，遽呆一疏，而謀逆實跡，尚未發現，安知非由落穽下石之所為者？且石彪鎮守大同，威震中外，而飛詔促歸，即行抵京，不聞擁兵以叛，是石彪尚知有朝廷，未若曹欽之居然肆逆也。欽為曹吉祥養子，吉祥籍隸中涓，竟令養子為逆，敢為內應，可見欽之逆謀，吉祥實屬與聞，或且為之倡議，亦未可知，閹豎之禍

214

人家國，固如此哉！憲宗即位，兩宮並尊，本屬應有之理，而貴妃陰恃子貴，密囑內監夏時，參預閣議，時乃狐假虎威，呵叱大臣，若非彭時等守正不阿，鮮有不為所搖奪者。先聖有言，唯女子與小人為難養也，近之不遜，遠之則怨，觀於此而益信。

第三十九回　發逆謀曹石覆宗　上徽號李彭抗議

第四十回　萬貞兒怙權傾正后　紀淑妃誕子匿深宮

卻說兩宮太后，既上尊號，第二種手續，便是冊立皇后的問題。先是孫太后宮中，有一宮人萬氏，小字貞兒，本青州諸城人氏，父貴為本縣掾吏，坐法戍邊，貞兒年僅四歲，沒入掖廷，充小供役，過了十多年，居然變成一個絕色的女子，豐容盛鬋，廣頰修眉，秀慧如趙合德，肥美似楊太真，萬貴妃以體肥聞。孫太后愛她伶俐，召入仁壽宮，令司衣飾。憲宗幼時，嘗去朝見孫太后，貞兒從旁扶掖，與憲宗相親近，漸漸狎暱。到了憲宗復冊東宮，貞兒年逾花信，依然往來莫逆，彼此無猜。天順六年，孫太后崩，憲宗年已十四歲了，知識粗開，漸慕少艾，便召這位將老未老的萬貞兒，入事東宮。貞兒年過三十，猶是處子，華色未衰，望將過去，不啻二十許人。她生平不作第二人想，因從前無機可乘，不能入侍英宗，未免嘆惜，至此得服侍太子，便使出眉挑目逗的手段，

第四十回　萬貞兒怙權傾正后　紀淑妃誕子匿深宮

勾搭儲君。好在憲宗已開情竇，似針引線，如漆投膠，居然在華枕繡衾間，試那鴛鴦的勾當。一個是新硎初發，努力鑽研，一個是久旱逢甘，盡情領受，半榻風光，占盡人間樂事。絕似《紅樓夢》中之初試雲雨，但寶玉、襲人年齡相當，不足為異，萬妃之於憲宗，年幾逾倍，居然勾合得未曾有，且彼幻此真，尤稱奇事。只道兒年漸長，應與他選妃，當有中官奉旨，選入淑媛十二名，由英宗親自端詳，留住三人，一姓王，一姓吳，一姓柏，俱留居宮中，未曾冊立。英宗崩後，兩宮太后，以嗣主新立，年已十六，不可不替他冊后，使為內助，遂命司禮監牛玉，重行選擇。玉以先帝時曾選入三人，吳氏最賢，可充后選，當由太后復加驗視，見吳女體態端方，恰也忻慰。便命欽天監擇吉，禮部具儀，冊吳女為后。憲宗迫於母命，不好不從。

后位既定，即命萬貞兒為貴妃，王氏、柏氏為賢妃。萬貴妃雖然驟貴，心中很不自在，前時只一人專寵，至此參入數人，無怪芳心懊惱。每次謁見吳后，裝出一副似嗔似怒的臉兒。惹得吳后懊惱，起初還是勉強容忍，耐到二十多日，竟有些忍受不住，免不得出言斥責。萬貴妃自恃寵幸，半句兒不肯受屈，自然反唇相譏，甚至后說一句，她說兩句，那時吳后性起，竟命宮監將她拖倒，由自己取過杖來，連擊數下。吳后亦太鹵莽，

看官！你想這萬貴妃肯遭委屈麼？回入己宮，哭泣不止，湊巧憲宗進來，益發頓足大哭，弄得憲宗莫名其妙，連呼貴妃，詢明緣故。貴妃恰故意不說，經侍女稟明原委，頓時觸怒龍心，揮袖奮拳，出門欲去。貴妃見憲宗起身，料必往正宮爭鬧。年少氣盛，或反鬧得不成樣子，便搶上一步，牽住憲宗衣裙，返入房中，伴為勸慰。欲擒反縱。憲宗又是懊恨，又是憐恤，慢慢兒替貴妃解衣，見她雪膚上面，透露好幾條杖痕，不由的大怒道：「好一個潑辣貨，我若不把她懲治，連皇帝都不做了。」萬貴妃嗚咽道：「陛下且請息怒！妾年已長，不及皇后青年，還請陛下命妾出宮，休被皇后礙目。那時皇后自然氣平，妾亦免得受杖了。」明是反激。憲宗道：「你不要如此說法，我明日就把她廢去。」萬貴妃冷笑道：「冊立皇后，是兩宮太后的旨意，陛下廢后，不怕兩太后動惱麼。」再激一句。憲宗道：「我自有計。」貴妃方才無言。計已成了。憲宗命內侍設酒，親酌貴妃，與她消氣。酒後同入龍床，又是喁喁私語，想無非是廢后計劃，談至夜半，方同入好夢去了。

次日，憲宗起床，便入稟太后，只說吳后輕笑輕怒，且好歌曲，不足母儀天下，定須廢易為是。錢太后一語不發，周太后卻勸阻道：「一月夫婦，便要廢易，太不成體統了。」憲宗道：「太后如不見許，兒情願披髮入山，不做皇帝。」肯拋棄萬貴妃麼？周太

第四十回　萬貞兒怙權傾正后　紀淑妃誕子匿深宮

后沉吟半晌，方道：「先帝在日，曾擬選立王女，我因司禮監牛玉，說是吳后較賢，且看她兩人姿貌，不相上下，所以就立吳女，哪知她是這般脾氣呢。現據我的意見，皇兒可將就了些，便將就過去，萬一不合，就請改立王女便了。」總是溺愛親生子。憲宗不便再言，只得應聲而出。意中實欲立萬貴妃。轉身去報萬貴妃，貴妃仍不以為然。憲宗一想，且廢了吳后，再作計議，遂出外視朝，面諭禮部，即日廢后。禮部已受萬貴妃囑託，並不諫阻，遂承旨草詔。略云：

先帝為朕簡求賢淑，已定王氏，育於別宮，待期成禮。太監牛玉，以複選進吳氏於太后前，始行冊立。禮成之後，朕見其舉動輕佻，禮度率略，德不稱位，因察其實，始知非預立者。用是不得已請命太后，廢吳氏退居別宮。牛玉私易先帝遺意，罪有應得，罰往孝陵種菜，以示薄懲。此諭！

這詔頒下，吳后只好繳還冊寶，退居西宮。萬貴妃尚覬覦后位，嘗慫恿憲宗，至太后前陳請，替她說項。太后嫌她年長，始終不允。好容易過了兩月，后位尚是未定，復經太后降旨，促立王氏，憲宗無奈，乃立王氏為皇后。好在王氏性情柔婉，與萬貴妃尚是相安，因此遷延過去。王后亦恐蹈覆轍。成化二年，萬貴妃生下一

220

子，憲宗大喜，遣中使四出祈禱山川諸神，祝為默佑。誰知不到一月，兒竟夭殤。嗣是貴妃不復有娠，只一意妒忌妃嬪，得與妃嬪交歡一次，暗結珠胎，多被貴妃暗中察覺，設法打墮。憲宗或偷偷崇崇，不令進幸。憲宗不但不恨，反竭力奉承貴妃。貴妃所親，無不寵用，貴妃所疏，無不貶斥。妃父貴授都督同知，妃弟貴授錦衣衛都指揮使，還有眉州人萬安，由編修入官禮部，與貴妃本非同族，他卻賄通內使，囑致殷勤，自稱為貴妃子姪行。貴妃遂轉達憲宗，立擢為禮部侍郎，入閣辦事。

成化四年正月，憲宗命元夕張燈，將挈貴妃遊覽。翰林院編修章懋、黃仲昭、檢討莊泉，上疏諫阻。憲宗不從，且責懋等妄言，降謫有差。當時以懋等三人，與修撰羅綸，同著直聲，稱為翰林四諫。羅綸的諫諍，是因大學士李賢，奏稱非禮，觸動帝怒，被黜為福建市舶司副提舉。賢亦不為挽救，未幾賢卒。賢歷仕三朝，稱為碩輔，唯居喪戀官，不救羅綸，為世所詬，因此羅綸成名，李賢減譽（插入此段，實為結束李賢起見，且彰四諫士美名）。內侍梁芳、韋興、錢能、覃勤、王敬、鄭忠、汪直等，日進美珠珍寶，諂事萬貴妃，外面且託言採辦，苛擾民間，怨聲載道。憲宗亦有所聞，終以貴妃寵任數豎，不敢過問。芳、興等且為妃祈福，召集番僧羽流，侈築祠廟，宮觀，動用內帑，不可勝計，甚至府藏為虛，憲宗也未嘗禁止，總教貴妃合意，無論什

第四十回　萬貞兒怙權傾正后　紀淑妃誕子匿深宮

麼事件，都可聽他所為。貴妃年已四十，尚寵幸如此，想是善房中術耳。

會慈懿皇太后錢氏崩，周太后欲另營陵寢，不使與英宗合葬，萬貴妃亦希承周太后意，勸帝從母后命，憲宗意頗懷疑，遂召群臣會議。彭時首先奏對道：「合葬裕陵，（英宗陵名。）神主祔廟，此係故制，何必另議。」憲宗道：「朕豈不知？但母后旨意，不以為然，奈何？」彭時復對道：「皇上以孝事兩宮，從禮即為大孝，祔葬何妨？」是時商輅已經召還，仍令入閣，並有學士劉定之等，亦在朝列，俱合詞上奏道：「皇上大孝，當以先帝心為心，今若將大行太后梓宮安厝左首，另虛右首以待將來，便是兩全其美了。」憲宗略略點首，便即退朝。越日仍未見詔，彭時復恭上一疏，略云：

大行皇太后祔位中宮，陛下既尊之為慈懿皇太后，在先帝伉儷之情，與陛下母子之義，俱炳然矣。今復以祔葬之禮，反多異議。是必皇太后千秋之後，當與先帝並尊陵廟，唯恐二后同配，非本朝制耳。夫有二太后，自今日始，則並祔陵廟，亦當自今日始。且前代一帝二后，其並配祔者，未易悉數。即如漢文帝尊薄太后，雖呂后得罪宗社，尚得與長陵同葬。宋仁宗尊李宸妃，雖章獻劉后無子，猶得與真宗同祭太廟。何則？並尊不相格也。今陛下純孝，遠邁前代，而祔葬一節，反出漢文、宋仁下，臣未之信。且慈懿既祔，則皇太后千秋之後，正足驗兩宮雍穆，在生前既共所尊，而身後更同

222

其享,此後嗣觀型所由起也。今若陵廟之制未合,則有乖前美,貽譏來葉矣。伏乞皇上採擇施行!

憲宗得了此疏,復下禮部集議。禮部尚書姚廷夔。合廷臣九十九人,皆請如彭時言。憲宗尚召語群臣道:「悖禮非孝,違親亦非孝,卿等為朕籌一良法。」群臣執議如初,並由姚廷夔率百官等,跪文華門候旨。自巳至申,仍未降旨,只傳諭百官暫退。百官伏地大哭道:「若不得旨,臣等不敢退去。」(廷臣哭諫自此始。)商輅、劉定之等,復入內勸上降旨,如群臣議。群臣乃齊聲呼萬歲,依次退歸。祔葬議行,盈廷無詞。過了一年,成化五年。柏賢妃生下一子,取名祐極。又閱一年,成化六年。復由紀淑妃生下一子,這子便是後來的孝宗。生時無名,且亦不令憲宗與聞。看官欲問明原因,請看小子敘述!

原來紀妃系賀縣人,本土官女,饒有姿色,性亦靈敏,蠻中推為女中選。成化三年,西南蠻部作亂,襄城伯李瑾及尚書程信等,督師往討,先後焚蠻寨二千,俘獲男女無算(隨手帶過征蠻事)。紀女亦被俘至京,充入掖庭。王皇后見她秀慧,親授文字,命守內藏。憲宗偶至內藏臨幸,適與紀女相值,問及內藏多寡數目。紀女口齒伶俐,應

第四十回　萬貞兒怙權傾正后　紀淑妃誕子匿深宮

對詳明，頓時契合龍心，便就紀女寢榻中演了一齣龍鳳合串，雨露恩濃，熊羆夢葉。過了數月，紀女的肚腹，居然膨脹起來，不料被萬貴妃偵知，令心腹侍婢，密往鉤治。那侍婢頗有良心，復報貴妃，只說是紀氏病痞。貴妃疑信參半，唯勒令退出內藏，謫居安樂堂。目無皇后，任所欲為。紀氏十月妊足，分娩生男，料知不便撫養，忍著性把兒抱出，交與門監張敏，囑使就溺。敏驚嘆道：「皇上未有子嗣，奈何輕棄骨血？」隨將兒藏入密室，取些粉餌飴蜜，暗地哺養。萬貴妃尚遣人伺察，始終未見動靜，卻也罷休。奇妒若此，亦是奇聞。幸喜廢后吳氏，貶居西內，與安樂堂相近，頗知消息，往來就哺，才得保全嬰兒生命。有十八年帝位可居，自然遇著救星。憲宗全未聞知，但知有皇子祐極一人，生長二齡，即命為皇太子。到了次年二月，太子竟患起病來，勢甚凶猛，醫藥無靈，才越一晝夜，竟爾天逝。宮人太監等，都知這事有些希奇，暗暗查訪，果系萬貴妃下的毒手。但因貴妃寵冠六宮，威行禁掖，哪個敢向虎頭上去搔癢？確是個雌老虎。大家箝口結舌，還是明哲保身的上計。

時光易過，倏到了成化十一年，憲宗因受制貴妃，亦常怏怏，又兼思念亡子，更覺憂鬱寡歡。一日召太監張敏櫛髮，攬鏡自照，見頭上忽有白髮數莖，不覺愁嘆道：「老將至了，尚無子嗣，何以為情？」張敏伏地頓首道：「萬歲已有子了。」憲宗愕然道：「朕

子已亡，哪裡還有子嗣？」敏又叩首道：「奴言一出，性命不保，願萬歲為皇子作主，奴死不恨。」此時司禮監懷恩，亦在上側，也跪奏道：「張敏所言不虛。皇子久育西內，現已六歲了。」因懼禍患，所以匿不上聞。」憲宗大喜，即日駕幸西內，遣張敏等至安樂堂，迎接皇子。紀氏抱兒大哭道：「我兒既去，我命恐難保了。」兒在此處潛養，已閱六年，今日前去，看見穿黃袍有須的，就是兒父，兒去恭謁便了。」說著時，即為兒易一小緋袍，抱上小輿，命張敏等擁護而去。及至西內階下，兒尚胎髮未薙，氋氃垂肩，自輿中趨下，投入憲宗懷中。憲宗抱置膝上，撫視良久，悲喜交集，垂著淚道：「是兒類我，確是我子。」敏即將紀氏被幸年月，及生子情狀，詳述一遍。憲宗並召見紀氏，握手涕泣，命居西內。一面命司禮監懷恩，往告內閣，閣臣無不歡喜。隨即飭禮部定名，叫做祐樘，頒詔中外，越日冊封紀氏為淑妃。大學士商輅，因此事揭露後，仍恐惹禍，蹈太子祐極的覆轍，但又不便明言，只好與同僚酌定一疏，呈將進去，略說：「皇子聰明岐嶷，國本攸係，更得貴妃保護，恩逾己出。但外議謂皇子母因病別居，久不得見，宜移就近所，令母子朝夕相接，一切撫育，仍藉貴妃主持。」云云。憲宗准奏，移紀妃居永壽宮，且時常召見，與飲甚歡。嗣是宮內妃嬪，稍稍放膽，蒙幸懷妊，及已經分娩的皇子，次第報聞。邵宸妃生子祐杭，張德妃生子祐檳，還有姚安妃、楊恭妃、

第四十回　萬貞兒怙權傾正后　紀淑妃誕子匿深宮

潘端妃、王敬妃等陸續進御，亦陸續生男，螽斯衍慶，麟趾呈祥，只萬貴妃滿懷痛苦，日夕怨泣，到了忍無可忍的時候，又用那藥死太子的手段，鴆殺紀妃。有說是紀妃被逼自縊的，有說是貴妃遣人勒死的，這也不必細考，總之被貴妃害斃，無甚疑義。太監張敏，聞紀妃暴卒，情知不能免禍，即禱祝蒼天，求佑皇子祐樘安康，自己也吞金死了。好中官。小子有詩詠道：

禍成燕啄帝孫殘，雛子分離母骨寒。
瓜熟不堪經再摘，存兒幸有一中官。

宮中情事，已見一斑，此後要敘入外事了。看官少安毋躁，待小子續述下回。

以三十餘歲之萬貴妃，乃寵冠後宮，權傾內外，竊不知其何術而得此。意者其有夏姬之術歟？觀其陰賊險狠，娼嫉貪私，則又與呂雉、武曌相似。天生尤物，擾亂明宮，雖日氣數使然，亦憲宗不明之所致耳。柏賢妃生子祐極，中毒暴亡，紀淑妃生子祐樘，至六齡而始表露，宮掖之中，幾同荊棘，不罹呂武之禍，猶為憲宗幸事。然於人彘醉嫗，已相去無幾矣。本回主腦，純為萬貴妃著筆，而宮廷大小諸事，隨手插入，尤得天衣無縫之妙。閱其勾心鬥角之處，便知非率爾操觚者所得比也。

226

國家圖書館出版品預行編目資料

明史演義——從靖難興師至曹石謀逆 / 蔡東藩
著 . -- 第一版 . -- 臺北市：複刻文化事業有限公
司 , 2024.08
面 ； 公分
POD 版
ISBN 978-626-7514-23-8(平裝)
857.456   113011057

明史演義——從靖難興師至曹石謀逆

作　　　者：蔡東藩
發　行　人：黃振庭
出　版　者：複刻文化事業有限公司
發　行　者：複刻文化事業有限公司
E - m a i l：sonbookservice@gmail.com
粉　絲　頁：https://www.facebook.com/sonbookss/
網　　　址：https://sonbook.net/
地　　　址：台北市中正區重慶南路一段 61 號 8 樓
8F., No.61, Sec. 1, Chongqing S. Rd., Zhongzheng Dist., Taipei City 100, Taiwan
電　　　話：(02) 2370-3310　　傳　　真：(02) 2388-1990
印　　　刷：京峯數位服務有限公司
律師顧問：廣華律師事務所 張珮琦律師
定　　　價：350 元
發行日期：2024 年 08 月第一版
◎本書以 POD 印製